POTENTIAL
포텐

KB012629

POTENTIAL 포텐 1

김민수 장편소설

초판 1쇄 찍은 날 | 2016년 11월 22일
초판 1쇄 펴낸 날 | 2016년 11월 29일

지은이 | 김민수
펴낸이 | 예경원

기획 | 위시북스
편집책임 | 박우진
편집 | 이즈플러스

펴낸곳 | 예원북스
등록번호 | 제396-2012-000132호
등록일자 | 2012. 7. 25
KFN | 제1-046호

주소 | 경기도 고양시 일산동구 호수로 646-24 위너스21 II 빌딩 206A호 (우)10401
전화 | 031-819-9431 팩스 | 031-817-9432
E-mail | yewonbooks@naver.com

ISBN 979-11-5845-359-6 04810
979-11-5845-360-2 (set)

※ 이 도서의 국립중앙도서관 출판시도서목록(CIP)은 서지정보유통지원시스템 홈페이지 (http://seoji.nl.go.kr)와 국가자료공동목록시스템(http://www.nl.go.kr/kolisnet)에서 이용하실 수 있습니다.

POTENTIAL

포텐 1

김민수 장편소설

WISHBOOKS MODERN FANTASY STORY

Wish Books

CONTENTS

POTENTIAL

포텐

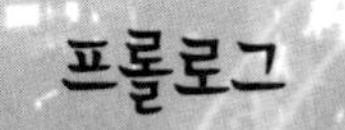

프롤로그

무심코 남이 쓰던 물건을 집에 들고 오면 옛 어른들은 '밖에서 함부로 물건 주워 들이는 것 아니다'라고 야단을 치곤 하셨다.

행여 죽은 사람의 물건이면 괴이한 일을 당할지 모른다고 생각한 것이다. 재활용이 미덕인 시대에 뭘 모르시는 말씀이라고 받아넘길 수 있지만 사실 이건 맞는 말이다.

어찌 그걸 단언할 수 있냐고?

지금 내가 갖고 있는 물건도 그중 하나니까. 그리고 이건 기운을 품고 있는 정도가 아니다.

조금.

특별한 능력을 가지고 있다.

1.

퀴즈쇼

NTV의 퀴즈 서바이벌 'The Answer' 생방송 경연장.

"60초 전입니다!"

카운트가 시작되자 분주하게 무대를 체크하고 있던 스태프들이 밖으로 빠져나갔다. 입 운동을 하며 목을 풀고 있던 NTV의 간판 아나운서 정서연은 카운트가 끝나자마자 마이크를 손에 들었다.

번쩍!

조명에 일제히 불이 들어와 공개홀을 비췄다.

"최대 상금 5억을 획득할 수 있는 퀴즈쇼 The Answer! 그 생생한 현장의 열기가 느껴지시나요? 그럼 최후의 1인으로 남은 참가자를 만나 보시죠!"

서연의 외침에 한 남자의 실루엣이 대형 스크린에 떠올랐다. 관객들의 환호가 쿵쾅거리는 음악과 함께 분위기를 한껏 돋웠다.

"The Answer 1라운드를 시작할 때만 해도 이분이 마지막까지 남게 될 줄은 누구도 예상하지 못하셨겠죠? 교수, 의사, 변호사 출신의 쟁쟁한 후보들을 격파하며 올라온 승부사! 여러분. 프로게이머 강민호 선수입니다!"

치익하는 소리와 함께 흰 연기가 분사됐다. 스크린이 열리며 세트장에서 대기하고 있던 훤칠한 남자의 모습이 드러났다.

쫙 빼입은 외관은 연예인스러웠으나 얼굴에는 긴장한 기색이 역력했다. 그는 수많은 관객과 눈이 마주치자 조심스러운 걸음걸이로 무대를 향했다.

소형 부스 안에 들어선 강민호를 향해 서연이 물었다.

"강민호 선수. 마지막 경연을 앞둔 소감 한 말씀 해주시겠어요?"

"끝이라고 생각하니 아쉽네요."

민호의 목소리에는 잔잔한 떨림이 섞여 있었다.

"경연이 많이 긴장되시나 봐요?"

"그렇기도 하고, 정 아나운서님과 직접 마주하고 있는 것도 그렇고요."

"저랑 있어서요?"

몸매의 굴곡이 아름답게 드러난 드레스를 갖춰 입은 서연은 화면 속에서도 실제로도 출중한 미모를 뽐내는 중이었다.

정말 예뻤다.

민호로서는 아름다운 예술품을 가까이 보는 기분이었다.

"미인이시잖아요."

클로즈업된 카메라가 민호와 서연의 얼굴을 각각 비췄다. 무대 위의 훈훈한 분위기에 관객석 곳곳에서 '오~' 하는 반응이 터져 나왔다.

"칭찬은 감사해요."

서연은 생긋 웃어 보이는 것으로 적당한 여운을 두었다. 방송을 하며 출연자들의 러브콜을 수없이 받아온 경험상 이럴 때는 묘한 분위기를 띄워 주는 것이 시청률에 도움이 된다. 특히 잘생겨 보이는 훈남일 경우 더더욱.

서연이 카메라를 향해 외쳤다.

"파이널 라운드, 시작하겠습니다!"

방송통제실에서 송출 화면을 조정하고 있던 스태프들은 참가자에 대한 관중들의 좋은 반응에 흐뭇하게 고개를 끄덕였다.

"제법인데?"

총괄PD가 놀랐다는 듯 입을 열었다.

"프로게이머라고 골방에 틀어박혀 키보드만 두드려대는

줄 알았더니 웬만한 연예인보다 낫잖아. 수다스럽지도 않고, 딱딱하게 언 것도 아니고."

방송 하이라이트 송출 조정을 막 끝낸 엔지니어가 말을 이었다.

"그나저나 고액의 상금이 걸려 있는데도 담담해 보이네요."

"중요한 건 오래 버텨주면서 잘 쪼여줘야 하는 건데. 쩝. 제발 첫 단계에서 떨어지진 말아야 할 텐데 말이야."

그래야 그림이 얼추 나온다고 총괄PD가 입맛을 다셨다. 엔지니어가 출제를 대기 중인 퀴즈가 떠 있는 화면을 힐끔 보며 물었다.

"이번 난이도는 어떤가요?"

"지난주에 IQ180인 참가자가 떨어졌을 때보다 더 높아."

"……5라운드만이라도 버텨 주면 다행이겠네요."

총괄PD는 화면 속 강민호의 모습을 뚫어지게 쳐다봤다.

강민호가 손끝에서 동전 하나를 또르르 굴리다 굳게 손에 쥐는 모습이 보였다. 그러고 보니 오늘 경연 내내 저 동전을 꼭 쥐고 있었던 기억이 났다.

'행운의 동전이라도 되는 건가?'

"파이널 라운드는 총 열 단계. 단계가 올라갈수록 문제의

난이도도 증가합니다. 첫 문제. 상금은 100만 원입니다."

서연의 말이 끝나자 민호는 자신의 자리에 장착된 터치스크린에 시선을 두었다.

문제가 화면에 떠올랐다.

[Quiz1. 국제정세]

-국가의 생존은 힘의 흐름을 간파하는데 달려 있고, 이 힘은 지배력과 흡수력으로 구분한다. 정치외교학자인 조지프 새뮤얼 나이 주니어가 주장한 소프트파워 이론 중에서 최근 세계에서 비중이 증가하고 있는 자원은?

1. 군사력 2. 천연자원

3. 이데올로기 4. 경제력

시작부터 관객석에서 머리를 쥐어뜯는 반응이 터져 나왔다. 손끝에서 동전을 굴리며 고심하는 듯 보이던 민호는 제한시간이 많이 남았음에도 곧장 3번을 택했다.

삐빅, 하는 음향 효과와 함께 대형 스크린에도 3번에 불이 들어왔다.

"평소에 정치에 관심을 갖고 계신 편인가요?"

서연의 물음에 민호가 고개를 흔들었다.

"옥수수를 줄 테니 다이아를 내놓으시오. 순순히 넘긴다면 유혈 사태는 일어나지 않을 것입니다. 라는 소리를 해대는 지도자를 누르기 위해 밤을 새워본 적은 있습니다."

일부 방청객이 피식 웃는 데 반해 서연은 고개를 갸웃했다.

"그게 뭐죠?"

"정치가 좀 들어간 전략게임인데…… 정 아나운서님은 평소에 게임에 관심을 갖고 계신 편인가요?"

"그럼요. 제가 강민호 선수의 팬인걸요."

생긋 웃는 서연에게 민호가 물었다.

"제가 어떤 게임을 플레이하는 선수인지는 아시고요?"

예의상 던진 말이었기에 서연은 놀란 토끼 눈이 될 수밖에 없었다. 곤란해 하는 그녀를 보며 민호가 황급히 고개를 흔들었다.

"모르셔도 됩니다. 저도 정 아나운서님이 하고 계신 프로가 뭔지 몰랐지만, 오늘 팬이 됐으니까요."

방청객들이 웃음을 터뜨렸다.

서연은 순간 방송용이 아닌 본래의 웃음을 흘렸다.

"첫 문제인데 다행히 긴장이 좀 풀리셨나 봐요?"

"조금요."

민호의 얼굴이 대형 화면에 클로즈업된 사이 제한시간이 끝났다.

서연이 카메라를 향해 말했다.

"답을 확인해 보겠습니다. 첫 단계! The Answer는!"

[3. 이데올로기]

“정답! 100만 원 획득하셨습니다!”

민호는 손뼉을 치는 관객들에게 공손하게 고개를 숙여 보였다.

“두 번째 문제. 획득 가능한 상금은 200만 원입니다!”

[Quiz2. 예술]

“이번 단계부터는 표제어를 보고 도전할지 아닐지 선택할 수 있습니다. 강민호 선수, 도전하시겠습니까?”

“도전합니다.”

문제가 시작되고 민호는 이번에도 간단히 답을 택했다. 역시 정답이었기에 박수갈채가 이어졌다.

이후에도, 그 이후에도 난이도가 점점 오르면서 관객들은 경악했으나 민호는 계속해서 풀어냈다. 파죽지세라는 말이 어울리는 연속된 도전에 오히려 서연이 긴장하고 민호가 그녀를 리드할 정도였다.

“아홉 번째 문제. 획득 가능한 상금은 2억 5천600만 원입니다!”

[Quiz9. 수학난제]

"상당히 높은 단계에 오르셨는데요. 이번에도 도전하시겠습니까?"

관객들이 숨을 죽였다.

실패하면 모든 상금을 잃는 시스템은 대부분의 도전자를 안전한 선택만 강요하게 한다. 이 때문에 최종 단계를 통과한 사람은 프로그램이 생긴 이래로 극소수에 불과했다.

"끝을 봐야죠."

당당한 민호의 말에 모든 이가 환호했다. 관객들도 어느새 그와 한마음이 되어 도전 중이었다. 그는 카메라를 보며 한마디 덧붙였다.

"어딘가에 있을 제 팬도 손에 땀을 쥐고 지켜보고 있을 테니까요."

이 말을 끝내자마자 자신을 바라보는 민호의 제스처에 아나운서로서 표정 관리에 힘쓰고 있던 서연도 자연스러운 미소를 짓고 말았다.

문제가 시작되고 복잡한 공식이 나오는 화면이 이어지자 관객들이 인상을 찌푸렸다. 아무리 객관식이라 해도 퀴즈쇼는 일반인의 상식선에서 문제를 찾아야 한다는 법칙을 깨트린 것 아니냐는 말까지 나왔다. 이번에야말로 강민호에게 위기가 찾아왔다는 분위기가 팽배해졌다.

-……밀레니엄 문제(Millennium Problems)라 불리는 이 7대 난제에 포함되지 않는 것은?

1. P대 NP 문제
2. 우주 상수 문제
3. 양-밀스 이론과 질량 간극 가설
4. 리만 가설

그러나 긴장한 관객들과는 달리 민호의 표정은 편안했다. 마지막이기에 더 극적이라기보다는 이제 딱 한 걸음이라서 여유롭다는 느낌을 풍겼다.

보는 이로 하여금 '설마?' 하며 기대하게 하는 태연자약한 모습.

그 이유는 단순했다.

어떤 문제일지라도 답을 아는 방법이 있던 까닭이었다.

바로 이 동전.

민호는 손끝에 동전을 걸고 살짝 튕겼다.

핑그르. 탁.

뒷면. 1번은 답이 아니다.

그렇다면?

핑그르. 탁.

앞면.

'끝났군.'

민호는 제한시간을 표시하는 초시계를 응시하고 관객과 카메라, 아나운서까지 훑었다. 그리고 마치 베이브 루스가 예고 홈런 자세를 취하듯 확신을 하고 말했다.

"다행입니다. 아무래도 오늘은 운이 정말 좋은 것 같네요."

관객석에서 '저 답을 안다고?' '정말일까?'같은 웅성거림이 사방에서 시작됐다.

민호는 스스럼없이 2번을 택했다.

서연이 엄숙한 표정으로 말했다.

"정답 확인하겠습니다. The Answer는!"

[2. 우주 상수 문제]

민호의 앞에 놓여 있는 상금획득 스크린에 2억 5천6백의 획득 금액이 떠올랐다.

서연은 잔뜩 흥분한 톤으로 진행을 이어 나갔다.

"드디어 최종 문제만 남았습니다. 이제 획득 가능한 상금은 5억입니다. 지켜보고 계신 시청자분들도 무척 떨리실 것 같은데요. 자, 강민호 선수. 도전하시겠습니까?"

민호는 지혜의 왕 솔로몬의 얼굴이 새겨진 동전에 시선이 머물렀다. 이 자리까지 올라올 수 있었던 것은 모두 이것 덕분이다.

질문하면 정답을 말해 주는 물건.

이 동전의 숨겨진 힘은 지금껏 단 한 번도 틀리지 않았다.

"우리 가문에는 대대로 내려오는 한 가지 비밀이 있지."

민호는 며칠 전의 일을 떠올렸다.

그때만 해도 자신이 이 자리까지 올 수 있다는 확신을 갖고 있진 않았다.

그러나 지금은 알 수 있었다. 세상에 이런 물건은 하나가 아니고, 그것을 찾을수록 쟁쟁한 참가자들이 나오는 퀴즈쇼에서 우승하는 것보다 훨씬 더 엄청난 것들을 할 수 있게 되리란 것을.

민호는 조용히 숨을 들이쉬었다가 자신 있게 외쳤다.

"도전!"

Relic : 솔로몬의 동전.

Effect : 진실과 거짓. 정답과 오답을 동전의 앞면과 뒷면으로 가름해 준다.

2.
올드게이머

민호가 프로게이머로 잘 활동하다 군대에 가게 된 것은 전적으로 아버지 탓이었다. 무슨 일을 하더라도 제대 이후에 하라고 어릴 적부터 못을 박아둔 이유도 있지만, 군대에 갔다 오면 실력이 녹슬어 빌빌 될 것이 뻔하다는 도발에 넘어간 탓이 더 컸다.

제대 후 첫 달은 이 예측이 들어맞았다. 하루가 다르게 변하는 게임리그의 빠른 흐름을 따라잡기 위해서는 부단한 노력이 필요했다.

게임단의 숙소에서 살다시피 지내며 정신없이 훈련에 매진하던 중 아버지에게서 연락이 왔다. 잠깐 집에 들르라고.

제대 후 무슨 일을 하건 쿨하게 내버려 두었던 아버지였기에 숙소를 나와 별생각 없이 집으로 돌아왔다.

똑똑.

"들어오너라."

서재에 앉아 있던 윤환은 동전 하나를 튕겼다가 붙잡기를 반복하고 있었다.

"왜 부르셨어요?"

"앉아봐."

핑그르르. 탁!

동전을 손바닥에 올린 뒤 앞과 뒤를 확인하던 윤환이 단정적으로 물었다.

"야한 거 보다 왔냐?"

민호는 뜨끔했다.

숙소에서 연습을 끝마치고 폴더에 그득 모아둔 그녀들의 몸매를 감상하던 찰나였으니까. 그러나 아버지와 그는 이런 면에서 사내끼리의 암묵적인 룰을 지키는 편이었다.

"신작이 좋은 게 나왔더라고요."

"나중에 내 하드에도 옮겨 놔라."

"넵."

좋은 건 공유하는 것 역시 사내끼리의 룰 중 하나였다.

"근데 진짜 왜 부르셨어요?"

민호의 물음에 윤환은 헛기침을 하고 분위기를 잡았다.

"이제 너도 적당히 머리가 컸으니 그걸 말해 줄 때가 온 것 같구나."

심각한 듯 보이면서도 심각하지 않은 아버지의 표정에 민호도 주거니 받거니 고개를 끄덕였다.

“제가 아버지 아들이 아니라거나 하는 문제라면 이해합니다. 솔직히 아버지 얼굴에서 제 얼굴이 나온 게 말이 안…… 큽!”

돌아온 것은 뒤통수에 가해지는 충격이었다.

“장난 아니니까 진지하게 들어라.”

부리나케 민호가 머리를 문지르고 있는 와중에 윤환이 다시 목소리를 깔며 분위기를 잡았다.

“딱 네 나이 즈음에 네 할아버지께 똑같은 이야기를 들었고, 그 후 내 인생은 완벽히 달라졌지. 그러니 새겨들어.”

“뭐가 그리 거창해요?”

“우리 가문에는 대대로 내려오는 한 가지 비밀이 있다.”

윤환은 동전을 만지작거리며 뜸을 들였다.

‘가문 대대로?’

민호는 의심의 눈초리를 지우지 않았다.

가끔 아버지인지 옆집 사는 친구인지 구별이 되지 않는 윤환은 어릴 적부터 이렇게 말도 안 되는 장난을 걸어올 때가 잦았다. 그는 이번에도 그런 것 중 하나라고만 생각했다.

그런데 아니었나 보다.

“옜다.”

윤환은 동전을 튕겨 민호에게 던져 주었다.

“그건 집안 가보인 솔로몬의 동전이다. 이미 정해진 답이라면 어떤 것이든 진실과 거짓을 가름해 주는 힘이 있어."

엉겁결에 동전을 받아 든 민호가 윤환을 보았다.

"앞면이면 긍정이고 뒷면이면 부정이다."

아무리 생각해도 장난 같은데 아버지의 표정은 여전히 진지했다. 난데없는 엉뚱한 이야기에 아리송할 따름이다.

"동전이 어떻게 대답을 해요?"

"질문 하나를 생각하고 튕겨 봐."

미심쩍어하던 민호가 대놓고 말했다.

"동전아, 지금 아버지 말이 사실이야?"

핑그르~ 탁!

앞면이 나왔다.

이를 본 윤환이 어이가 없는지 피식 웃었다.

민호도 같이 웃었다.

"누가 내 아들 아니랄까 봐. 어이구."

"맞다는데요?"

"녀석. 그러면 내친김에 똑같이 물어봐. 네가 질릴 때까지."

민호는 윤환의 권유에 다시 튕겨 보았다.

핑그르~ 탁!

"앞면이네요?"

"우연 같으냐? 그럼 또 해 봐."

민호는 연거푸 두 번을 더 튕겼다. 그리고 계속해서 앞면이 나오자 비로소 동전을 새삼 보았다.

이어, 같은 물음을 생각하며 똑같이 10회 연속으로 앞면이 나오자 오싹하니 소름까지 돋았다.

'이거 귀신 들린 거 아니야?'

한쪽 면만 나오는 동전인가 싶기까지 했다. 그러다 이번엔 질문을 바꿔서 '이 동전은 앞면만 나오는 거지?'라고 하니 여지없이 뒷면이 나왔다. 연거푸 계속해서 말이다.

'이, 이거 뭐야?'

떨떠름하게 동전을 바라보고 있는 민호를 향해 윤환이 웃었다.

"신기하지?"

"그러네요……. 그런데 이게 대대로 내려오는 집안 비밀인가요?"

"아니. 집안 비밀이란 건 네가 그 동전을 사용할 수 있는 피를 타고났다는 거다. 난 그걸 확인시켜 준 것뿐이고."

진짜로 장난이 아니라는 생각에 민호는 침을 꿀꺽 삼키곤 윤환의 말을 경청했다.

"민호야, 세상에는 그 동전처럼 숨겨진 힘을 가진 물건들이 있어. 그리고 우린 그것을 발견하고 이끌어 낼 수 있는 능력이 있다."

윤환은 아들의 이해를 돕고자 자신이 지금껏 수집해 두었던 보물 중 하나를 꺼내 보였다.

아무런 장치도 없었는데 낡은 두루마리에서 은은한 서기

가 감돌고 홀로그램처럼 생경한 장소를 허공에 비추었다.

보는 민호로서는 절로 입이 벌어질 따름이다. 그리고 윤환의 컬렉션들을 보며 기쁜 마음에 벌떡 일어났다.

"이게 다 가보라니! 전부 제 거란 말이죠!"

골동품으로 시작해서 박물관의 보물을 연상케 할 정도로 휘황찬란한 빛을 발하는 진열대였다. 그러나 윤환은 여기에 냅다 찬물을 끼얹었다.

"뭔 소리냐?"

"네?"

"이 아비가 뼈 빠지게 모은 걸 왜 널 줘? 네게 물려주는 건 그 동전 하나다."

당황한 민호가 눈을 껌뻑였다.

"아까는 가보라면서요?"

"어, 그거 하나."

"딱 이 동전만요?"

"그래. 딱 그거다."

싹둑 잘라 말하는 윤환에게 민호가 입술을 삐죽였다.

윤환은 그러건 말건 행여 부정이라도 탈까 진열장을 닫고 자물쇠를 단단히 채웠다.

철컥.

손가락 크기의 자물쇠가 잠기니 놀랍게도 갑옷과 방패의 환영이 진열장을 커튼처럼 휘감았다.

“쪼잔하게 그러지 마시고 물려주실 거면 좀만 더 주세요. 아버진 많잖아요.”

“부탁이 좀 건방지다?”

“어렸을 적부터 지금까지 제가 가장 존경하는 분은 아버지였어요. 사랑합니…….”

“거기까지. 그냥 존경만 계속하거라.”

“옙!”

“……옜다.”

윤환은 서랍 속에 굴러다니던 물건 하나를 집어 선심 쓰듯 던져 주었다. 손안에 쏙 들어오는 크기의 오래된 회중시계였다.

“이건 어떤 거죠?”

“무지 좋은 거. 아참, 공짜 아니니까 돈 벌면 그거 가격은 꼭 내라.”

철통 같은 금고가 아닌 곳에서 나온 물건이라 미심쩍었으나 민호는 넙죽 인사했다. 그리고 고개를 슬며시 들며 물었다.

“얼마짜린데요?”

“감정가 3억.”

“네에?”

“써 보면 덧거리를 주고 싶어서 안달 날걸?”

민호는 말도 안 된다는 듯 고개를 저으며 회중시계의 뚜껑에 손을 올렸다.

찰칵하고 열렸다.

째깍째깍.

초시계가 빠르게 한 바퀴를 돌았다.

정확히 1분의 시간.

그리고 민호의 머릿속에 1분 사이에 겪을 일들이 한순간이 섬광처럼 번뜩였다 사라졌다.

'대체 이게…….'

착각이 아니라면, 조금 전에 본 건 1분의 미래였다.

"돈 안 내놓을 거면 도로 내놔."

민호는 아버지가 손을 내민 광경을 방금도 보았다는 것을 깨닫고 고개를 흔들었다.

"아닙니다! 지불합니다, 해요! 무이자 할부 가능한 거죠?"

"아들이니 그 정도는 해주마."

치사한 아버지였으나 민호는 수긍했다.

그야말로 득템했다.

미래를 보는 시간이 짧기는 하지만 이것도 쓰기 나름! 이걸로 뭘 하나, 하는 생각을 하던 민호가 문득 윤환에게 물었다.

"근데 아버지. 이걸로 세계라도 구할까요?"

"뭐?"

"스파이더맨이 말했죠. 큰 힘에는 그만큼의 책임이……. 악!"

"뭔 놈의 힘에 무슨 책임?"

심각하고 진지해지던 민호가 뒤통수를 가렸다. 그런 그에게 윤환이 혀를 차며 툭 던지듯이 말했다.

"짜샤, 책임은 힘 있는 애가 아니라 그냥 앞에 나선 애들이 짊어지는 거야. 그냥 너 하고 싶은 대로 살면 되지 뭘."

"정말요?"

"비싼 밥 먹고 흰소리하겠냐. 민호야, 범죄만 빼고 너 하고 싶은 거 다 하고 살아버려. 대신 책임은 꼭 지고. 아참. 대는 끊기지 않게 해라."

"효도는요?"

"아비 아직 안 늙었다, 짜샤."

"악!"

아버지는 프리하고 쿨한 남자였다.

민호는 키보드와 마우스가 든 가방을 어깨에 건 채 눈앞에 보이는 높은 빌딩을 바라보았다.

E스포츠 센터로 알려진 저곳의 9층 스타디움은 전국 각지의 프로게이머들이 모여 승부를 겨루는 최신 시설이 갖춰진 장소였다. 그다지 바뀐 것은 없어도 2년 만의 방문이라 감회가 새로웠다.

"강민호!"

빌딩 안으로 들어서는 민호를 누군가 뒤에서 불렀다. 정장을 차려입은 서른 살가량의 남자였다.

민호는 짧게 손을 흔들었다.

"오랜만이야, 선배."

"와, 너 복귀한다더니 오늘 경기였냐?"

군 입대 전에 같은 게임단에서 지냈던 엄태형. 지금은 게임해설가로 활동하고 있는 그를 민호는 반갑게 맞이했다.

"퀴즈쇼 잘 봤다. 네가 그렇게 똑똑한 줄 몰랐어."

"운이 좋았지 뭘."

"상금은 얼마나 받은 거야? 세금 떼면 한 3억 되려나?"

"어 그 정도."

태형은 슬쩍 민호의 옆구리를 찌르더니 은근히 기대하는 투로 물었다.

"그 돈 어따 쓸 거야?"

"벌써 아버지 다 드렸어."

다소 힘 빠진 민호의 대답에 태형이 채 말을 잇지 못했다. 몇 백만 원, 몇 천만 원도 아닌 억대의 돈을 고스란히 드렸다니!

"대, 대단하다."

뭐 이런 효자가 다 있나 싶어 하는 눈길에 민호는 속으로 웃고 말았다.

누가 알랴. 미래를 보는 회중시계 값으로 지불했다는 것을.

윤환과 민호는 가족 간에도 확실하게 돈거래 하는 부자였다.

민호는 태형과 함께 안으로 향하며 요즘 게임리그가 돌아가는 사정에 대해 자세히 물었다. 한솥밥을 먹었던 사이라 그런지 친절하게 대답해 주었다.

"데뷔 후 전승을 달리고 있는 고딩 게임단이 있는데 진짜 무서워. 컨트롤이면 컨트롤, 전략이면 전략. 답이 안 나오는 미친 피지컬을 갖고 있어."

"팀 이름이 뭔데?"

"이글스."

민호는 곰곰이 생각하다 손을 딱 마주치며 말했다.

"오늘 내 상대네."

"뭐라고?"

대수롭지 않게 여기는 민호의 대응에 태형이 걱정스럽다는 듯 말했다.

"하필이면 복귀전에. 요즘 예선리그는 전 같지 않아서 프로들도 많이 떨어져."

"염려 마. 본선에는 꼭 올라갈 테니까."

민호의 묘한 자신감에 태형은 고개를 흔들 뿐이었다.

"……어쨌든 경기 잘 치러. 끝나고 해설가로 잘나가는 이 선배랑 한잔하자. 문자하마."

태형이 인사하며 로비 안쪽으로 사라졌다.

엘리베이터 앞에 선 민호의 눈은 어느새 초롱초롱하게 변해 있었다.

딩동.

엘리베이터가 9층에 도착했다. 문이 열리고 민호가 걸어 나오자 복도를 지나고 있던 관람객들의 시선이 꽂혔다.

"강민호다!"

"어디? 어디?"

민호는 자신을 향해 우르르 몰려드는 수십의 사람들을 피해 곧장 선수 전용 대기실 쪽으로 방향을 틀었다. 복도를 지나며 경기장 쪽을 살폈는데 예선임에도 불구하고 관객이 구름처럼 몰려온 듯했다.

'퀴즈쇼 효과가 생각보다 큰데?'

유명한 프로긴 하지만 케이블 방송이었기에 이렇게까지 화제가 될 줄은 몰랐다. 왠지 으쓱해진 민호는 기분 좋게 대기실에 들어갔다.

달칵.

대기실 안쪽에는 이미 두 사람이 자리해 있었다. 뚱뚱한 체격에 까까머리를 한 남자는 윤가람, 큼지막한 체구에 왁스로 한껏 힘을 준 남자는 권철순. 둘 다 현재 민호가 소속된 게임단의 후배였다.

"오셨습니까!"

가람과 철순이 깍듯이 고개를 숙였다.

벽에 붙은 대진표를 빠르게 훑은 민호는 두 사람에게 물었다.

"너희 경기는 없잖아?"

"저희 다음 상대도 이글스 녀석 중 하나라 전력 분석차 왔습니다. 이번에 지면 안 돼요. 1주 차에 이미 2패를 먹었거든요."

"오호, 전력 분석? 내 응원은 아니고?"

눈을 희미하게 뜨고 바라보니 가람이 잽싸게 주먹을 불끈 쥐며 파이팅 자세를 취했다.

"아자! 아자! 꼭 이겨 주세요!"

"늦었다."

"악!"

가람도 이마에 딱밤을 맞고 신음을 흘렸다.

그 모습이 윤환에게 뒤통수를 맞는 자신과 겹쳐 보인 민호가 속으로 웃었다.

민호는 동전을 튕기며 소파에 앉았다.

'가만있자, 내 경기 순서가 첫 번째인가?'

그는 2년 전까지만 해도 워게임, 펜타스톰에서 통산 전적 201승을 획득했던 강력한 프로게이머였다.

그리고 오늘, 그 명성이 단지 과거만의 것이 아님을 보여 줄 준비가 충분히 되어 있었다. 군 전역 후 노력도 많이 했거니와 생각지도 못한 능력까지 얻었다.

얕은 생각만으로도 이 힘으로 세계를 지켜야 하나 고민할 정도지 않던가.

윤환이 하고 싶은 거 하라고 시원스럽게 말해준 만큼, 효자로서 민호는 충실하게 따를 생각이었다.

"나중 일은 나중에 생각하고~"

우선은 지금 하는 일부터 잘해 보기로 했다. 그렇게 민호가 상념을 이어나갈 때쯤.

"세팅 시간입니다."

진행원이 문을 두드렸다. 깨어난 민호가 자리에서 일어났다. 밖으로 나서는 그를 향해 가람과 철순이 파이팅을 외쳤다.

"강민호 출몰이군."

"The Answer 우승했다며? 거기 상금이 이 리그보다 높잖아."

"너 그 방송 못 봤냐? 퀴즈 푸는 것도 푸는 건데 정서연이랑 주거니 받거니 썸도 타더라고. 아무튼, 대단했어."

경기장 본관의 문을 열자 꽉 차 있는 관객석이 먼저 눈에 들어왔다. 대기라인까지 빼곡하게 들어서 있는 걸 보니 퀴즈쇼의 위력이 실감 났다. 올드게이머 취급을 받아야 할 자신에게 이 정도로 관심을 쏟아주다니 조금 뿌듯한 기분이 들었다.

민호는 진행요원의 안내를 따라 부스에 자리했다.

"준비 시간은 10분입니다."

진행요원이 문을 닫고 사라졌다. 방음장치가 되어 있는 터라 바깥의 소란스러움이 일거에 차단됐다.

민호는 곧바로 키보드와 마우스를 설치하고 경기석에 앉았다.

“후우. 옛날 생각나는데.”

투명한 창을 사이에 두고 수많은 관객과 고요하게 마주앉게 되는 공간.

오랜만에 느끼는 이곳의 분위기는 전과 변함없이 좋았다. 퀴즈쇼에서 수많은 관객 앞에 섰을 때와는 전혀 다른, 제자리에 찾아온 것만 같은 기분이 들었다.

품속에서 고풍스러운 뚜껑으로 닫혀 있는 회중시계를 꺼내 키보드 왼편에 놓아두었다. 회중시계의 째깍거리는 소리가 마음의 안정을 찾아 주었다.

건너편 부스에 ‘이글스’라는 로고가 새겨진 유니폼을 입은 고딩이 앉아 눈을 부릅뜨고 손을 푸는 것이 보였다. 긴장과 도전으로 가득한 그 패기에 민호가 씩 웃었다.

‘스포츠로만 즐겨.’

축구공이나 농구공 대신 마우스와 키보드를 사용하는 것에 불과했다. 하나의 플레이에 환호하고 같이 즐거워하는 일은 축구를, 야구를, 혹은 바둑과 장기를 두는 것을 보며 누군가와 떠드는 것과 다르지 않았다.

아마도 아버지 세대에서는 잘 이해가 가지 않을 이야기일

것이다. 그러나 지금은 이렇다.

게임이 곧 놀이이자, 일이자, 문화가 되었다.

'자, 부딪쳐 보자고.'

민호는 펜타스톰의 게임의 실행 아이콘을 클릭했다. 경기방에 접속하니 상대 선수가 채팅으로 인사를 건네 왔다.

[강민호 선배님, 살살 부탁드려요.^-^]

[오냐.]

채팅은 저리 쳤으나 건너편 부스 쪽 고딩의 눈빛은 자신을 잡아먹을 듯했다.

민호는 펜타스톰의 종족 중 하나인 생물군단을 골랐다. 빠른 템포의 물량을 쏟아내는 이 종족은 공격력이 강한 대신 방어는 세 종족 중 최약체였다.

그에 반해 상대 선수는 정교한 컨트롤을 요하는 수호군단을 골랐다. 중세 시대의 병졸들을 보는 것만 같은 이 종족은 유닛 하나하나의 생산 시간이 긴 반면, 방어력은 동급 유닛의 두세 배를 갖고 있었다.

-선수들 대기해 주십시오.

심판의 채팅과 함께 대형 전광판에 '06/20 투데이 매치업'이라는 글귀가 떠올랐다. 부스의 가운데 위치한 무대 위에 조명이 들어왔다.

중계석의 정중앙에 앉아 있던 캐스터 한용준이 활기찬 표정으로 인사했다.

"게임 팬 여러분 안녕하십니까. 엔게임넷이 주관하는 펜타스톰 섬머 시즌! 오늘은 예선리그 2주 차 경기를 여러분께 중계 드리겠습니다. 도움 말씀에 게임 전문가 엄태형 씨, 김재경 씨 함께합니다. 안녕하세요!"

두 해설진과 캐스터가 인사를 끝마쳤다.

"2년 만에 복귀전을 치르는 전통 강자 강민호 선수와 신흥 강호의 선두주자 이택용 선수와의 대결인데요. 태형 씨는 어떻게 보십니까?"

"오늘 매치만큼 흥미진진한 무대가 있었나 싶네요. 통산 전적 201승에 빛나는 강민호 선수가 얼마 전 군 복무를 마치고 깜짝 복귀했습니다. 전 일단 관록 있는 강민호 선수의 우위를 점치겠습니다."

카메라가 민호를 비췄다. 민호는 카메라를 응시하며 관객들에게 손을 흔들어 보였다.

"저 여유 보세요. 강민호 선수 스타일이 저래요. 아무리 코너에 몰려도 침착함을 잃지 않죠."

카메라가 이번에는 이택용 선수를 비췄다. 모니터에 시선을 고정한 채 심각하게 연습하는 척을 하고 있었다. 실제로는 빈 허공에 마우스 클릭만 하고 있었기에 그것을 알아챈 민호는 피식하지 않을 수 없었다.

해설자 재경이 이택용에 대한 설명을 시작했다.

"이택용 선수, 결코 만만치 않습니다. 프로게임계에서만큼은 어린 선수들이 결코 어린 녀석들이 아니거든요. 미친 고딩. 그냥 들어보면 욕이 아닌가 싶지만, 이건 어린 선수들이 그만큼 무섭다는 것을 뜻하는 말입니다. 특히 이글스의 선수들은 펜타스톰을 위해 태어났습니다. 미쳤어요, 미쳤어!"

"네 미쳤답니다! 막 준비 완료됐다는 소식이 왔습니다. 경기맵 '단장의 계곡'! 강민호 대 이택용. 경기~ 시작하죠!"

캐스터 용준이 소리치자 관객석에서 우레와 같은 박수가 이어졌다.

대형 스크린도 게임 화면으로 전환됐다. 시작 카운트가 올라가고 로딩이 끝났다.

민호는 손가락을 가볍게 흔들며 스트레칭을 한 후 모니터에 시선을 던졌다.

드디어 경기 시작이다.

부화장이라 불리는 생물군단의 본진 앞에 벌레 모양의 일꾼 넷이 소환됐다. 민호는 셋을 자원수정에 붙이고 하나를 빼돌려 곧장 지도 중앙으로 진출시켰다.

–어어! 강민호 선수 뭐하는 걸까요?

—초반에는 일꾼을 자원을 캐는 데만 집중해야 합니다. 일꾼 하나의 차이가 눈덩이처럼 불어나 큰 타격이 될 수 있습니다.

—색다른 전략을 준비해 온 게 아닐까 싶네요.

이택용의 수호 정찰병이 민호의 본진에 들어왔다. 어떤 유닛을 생산하는지, 건물의 발전 상황은 어떤지를 체크하고 도망치려다 빠른 발을 가진 갑각충에 붙잡혔다.

—첫 교전이 시작됐습니다!

민호의 본진을 확인한 이택용이 수호병 다섯 기를 보내 급습했다. 갑각충 10여 기의 공격을 요리조리 얄밉게 피하며 치고 달아나는 컨트롤에 관객들의 감탄이 이어졌다.

—갑각충의 숫자가 얼마 남지 않았어요! 강민호 위기입니다!

민호의 본진 주변을 원을 그리듯 돌며 농락하던 수호병의 이동 경로에 두 번째 생산된 갑각충 무리가 일직선으로 따라붙었다. 포위당한 수호병 한 기가 순식간에 터져 나갔다.

—강민호 회심의 M신공! 이 선수 2년이나 쉬었던 선수 맞나요? 이택용 일단 물러납니다!

—확실히 녹슬지 않았군요.

그사이 민호가 빼돌린 일꾼이 맵 구석에 건물을 짓기 시작했다.

—수호군단 유닛들이 분주해졌어요!

—본진에 주력이라 할 수 있는 갑각충의 숫자가 적었거든요. 어디서 몰래 테크 올리고 있는 거 아니야? 싶은 생각을 하고 있겠죠.

이택용은 입꼬리를 말아 올리며 웃었다.

'기본 실력으로 밀릴 게 분명하니까 수를 쓰시겠다?'

수호군단의 유닛들 하나하나가 세세하게 펼쳐지며 맵을 밝혔다.

—이런! 몰래 뽑고 있던 지하군주를 들키고 말았습니다!

—생물군단의 지하군주는 자원을 많이 먹는 유닛으로, 한 기만 본진에 숨어들어 땅속에 박혀도 엄청난 피해를 줄 수 있습니다. 그러나 들킨 이상 자원낭비가 되겠죠.

—이택용 본진에서 긴급 생산이 시작됐습니다!

중세풍의 궁성 모양의 건물들이 즐비한 이택용의 본진 곳곳에 푸른빛이 들어왔다. 차원문이 열리고 네 발로 움직이는 불멸전차가 쏟아져 나왔다.

—불멸전차는 지하군주의 완벽한 카운터입니다. 우월한 사거리로 상대 유닛을 잘라먹는 데 특화되어 있거든요.

—이런, 초반부터 힘을 준 강민호의 전략이 실패하는 걸까요!

—도박수는 들키면 끝입니다.

불멸전차가 그대로 맵을 가로질렀다.

–강민호 두 번째 위기에 봉착했습니다!

–보십시오. 이미 사거리 업그레이드가 끝나 있습니다. 준비가 되어 있다는 겁니다. 지하군주로 수호병은 쉽게 잡을 수 있어도 불멸전차는 안됩니다.

민호는 몰래 짓던 건물이 들킨 것을 아는지 모르는지 생산 건물을 늘리는데 몰두 중이었다.

"강민호! 끝장이야!"

이택용이 희열이 가득한 눈길로 민호의 본진을 쳐들어왔다.

그리고.

그는 지하군주가 아닌 공중유닛 하늘군주가 일렬로 늘어서 있는 화면을 마주했다.

"반가워~"

민호는 빙긋 웃으며 하늘군주 한 부대에 명령을 내렸다. 불멸전차를 짓밟아 주라고.

–아니, 이게 뭔가요!

갑자기 튀어나온 하늘군주에 캐스터가 흥분해서 소리를 질렀다. 하늘군주에게 무참히 썰린 불멸전차의 잔해가 민호의 본진 앞에 가득했다.

관객석에서 박수와 함께 환호가 터져 나왔다.

–도박수가 아니었어요. 카운터의 카운터. 함정을 파고 기

다렸던 거죠. 몰래 짓고 있던 건물에서 생산과 취소를 반복하며 계속 돌아가는 척했습니다. 그리고 그 자원으로 본진에서 일거에 하늘군주를 생산했습니다. 이것이야말로 미친 심리전이죠!

—들으셨죠! 여러분? 태형 해설이 미쳤다면 정말 미친 겁니다!

—속단은 이릅니다. 이택용의 본진을 보십시오. 불멸전차가 당하는 것을 확인하자마자 멀티와 함께 고위기사, 거대기사 조합을 발 빠르게 준비하고 있습니다. 물량, 확장전에 들어가면 질 수가 없다고 판단한 듯 보입니다.

이택용이 멀티 자원에 기지를 세우고 구석에 있던 민호의 몰래 건물을 부쉈다.

민호의 본진에서 출발한 하늘군주는 대공시설의 밭으로 변한 수호군단의 방어를 뚫지 못하고 귀환해야 했다.

—이택용이 유닛 수십 기를 손해 봤으나 지하군주 테크 건물이 날아간 강민호의 손해도 만만치 않습니다! 경기는 아직 몰라요!

공격 유닛수에서 상대적으로 여유가 있는 민호는 한꺼번에 두 개의 확장을 택했다. 이택용은 테러 유닛을 조종하며 민호의 멀티 곳곳을 괴롭혔고, 방어선도 꼼꼼하게 구축하며 버텼다.

약간의 소강 상태에 접어든 경기.

이윽고.

캐스터와 해설진이 동시에 소리를 질렀다.

–이택용의 총 공세가 시작됩니다!

–엄청난 물량!

–강민호 선수! 과연 어떻게 막아낼까요?

민호는 초중반에 이점을 얻었음에도 결국 이택용을 뚫어내지 못한 것에 만만치 않음을 느꼈다. 정찰 삼아 나가 있던 갑각충이 사라지며 미니맵 북쪽 지역이 검은 안개에 뒤덮였다.

한 치 앞을 내다볼 수 없는 상황.

이제는 조합 대 조합. 진형대 진형이 붙는 대규모 싸움만 남았다.

실시간 전략게임의 묘미는 상대방의 수를 예측하고 그것을 능가하는 전략을 짜는 데 있었다. 그런 의미에서 민호는 초중반의 강력한 전략으로 승기를 잡는 것을 선호해 왔었다.

하지만 상대는 그것에 굴하지 않고 여기까지 게임을 끌고 온 것이다. 만난 이들마다 입이 마르지 않고 칭찬을 해댄 이글스의 실력은 꽤 준수했다.

'승부수를 구경해 볼까.'

민호는 키보드 왼편에 놓아둔 회중시계에 시선이 머물렀다. 접전의 와중에 회중시계의 뚜껑에 손을 올렸다.

찰칵하고 열린 시계 속 바늘이 빠르게 한 바퀴를 돌았다.

민호의 머릿속에 1분간의 상황이 파노라마로 압축되어 순간적으로 지나갔다.

대규모 교전 상황.

핀치에 몰린 생물군단.

겨우 막아냈지만 결정적인 드랍에 무너지는 멀티.

곳곳에서 시작된 작은 교전에서 연이은 손해.

그리고 패배.

“씁!”

입맛이 제법 맵다!

이것은 1분 뒤의 정확한 미래는 아니다. 아마도 그럴지 몰라 라는 예측이 맞을 것이다.

실제 감정가 3억에 달하는 회중시계에 대해 여러모로 알아본 바로는, 이것의 전 주인이었던 학자가 미래 연구가로 유명했던 사람이라는 것이었다. 그 학자는 사람이 노력해서 정해진 미래를 바꿀 수 있을까? 라는 운명론에 대해 이런 말을 했다.

가능하다. 그것을 실행에 옮길 만한 기본 실력과 배짱이 갖춰지면 어떤 미래도 바꿀 수 있다.

‘미안하지만, 군 전역하고 막바로 깨져 줄 순 없다고.’

승리를 위해 즉시 행동했다. 원인 분석!

결정적인 패배 요인은 대규모 교전의 실패부터였다. 전역 후 회복한다고 회복했으나 대규모 교전 상황에서의 컨트롤에서 밀리고 말았다.

그렇다면, 이 요인을 이를 더 악물고 극복해 내면 결과는 어떻게 될까?

—강민호 선수! 유닛의 반을 운송군주에 태웁니다! 폭풍 같은 드랍! 이택용 당황에 빠졌어요!

대규모 교전에서 가까스로 승리한 민호는 비교적 방어가 허술한 멀티기지 쪽 견제도 빼놓지 않았다.

—아아! 수호군단 12시 멀티! 강민호 선수가 몰래 보낸 지하군주가 일꾼 위에 가시촉수를 뻗습니다!

지하군주 위에 고위기사의 기술 번개폭풍이 시전됐다. 가까스로 멀티를 지켜낸 이택용의 방어에 관객이 환호하는 것도 잠시, 터져나가는 지하군주 위로 비행체들이 몰려들었다. 번개폭풍 사이를 요리조리 피하며 일꾼만 잡고 사라지는 민호의 하늘군주 컨트롤에 관객들의 환호도 극에 달했다.

이택용이 반격을 꾀하기 위해 맵을 가로질러 회심의 러쉬를 감행했다.

—이택용 선수의 돌격기사 멀티 급습! 동시에 민호 선수 본진의 중요 건물을 노립니다!

민호는 중앙으로 진출하던 두 번째 부대를 회군해 돌격기사를 막았다.

—손에 땀을 쥐는 대접전! 이택용 자원이 부족합니다. 한

계에 부딪혔어요!

사방에서 펼치지는 소규모 교전에서 연이어 패배한 이택용이 망연자실한 표정을 지었다.

1분 전만 해도 분명히 유닛수에서 우위에 있었는데 지금은 앞마당까지 밀려 버렸다.

"제길."

키보드에 손을 올린 이택용의 손끝이 부들부들 떨렸다. 그가 두 글자를 치고 엔터를 누르자 채팅창에 글자가 떠올랐다.

[GG]

–이택용! GG~!

마침내 이택용이 패배를 선언하자 관객들의 환호가 경기장에 가득 울렸다.

민호가 손을 불끈 쥐고 '좋았어'를 외치는 모습이 대형 스크린에 떠올랐다.

데뷔 후 첫 패배를 당한 이택용은 키보드를 내리치며 애처럼 분통을 터뜨렸다. 그 모습이 고스란히 대형 전광판에 비쳤다.

뒤늦게 알아챈 이글스의 감독이 정색하며 부스로 뛰어들었다. 이택용이 황급히 심각한 척 포즈를 잡았다. 관객들이 웃음을 터뜨렸다.

다음 선수의 세팅을 위해 키보드와 마우스를 정리해 밖으로 나선 민호는 부스 밖으로 인사하러 찾아온 이택용과 마주쳤다.

멋쩍어하는 표정이 경기 전과는 달리 천생 애처럼 보였다.

이택용이 먼저 허리를 숙여 인사했다.

"한 수 배웠습니다. 명성 그대로시네요."

"재밌는 승부였어. 너도 만만치 않더라고. 손목 삐끗해 한 경기 하고 은퇴할 뻔했어."

빈말이 아니라 진담이었다.

만약 이택용에게 잘 훈련된 틀에 박힌 움직임이 아니라 상대방이 누구인지를 판단하는 눈이 완비된다면, 1분 후를 미리 보고 노력했다손 쳐도 우위를 장담할 수 없었을 것이다.

민호는 쿨하게 손을 흔들며 선수 대기실로 향했다. 문을 여니 가람과 철순이 격한 표정으로 다가왔다.

"최고였습니다, 선배님!"

"역시나 콧대를 눌러 주셨군요. 비결 좀 여쭤 봐도 되겠습니까?"

민호는 전력 분석차 관람하고 있던 이 둘에게 조언을 해줘야겠다 싶어 잠시 궁리해 보았다. 그러나 현재의 이택용과 저 둘의 실력 차는 상당하다.

"너희 둘 다 다음번에 지면 예선 탈락이냐?"

"확정적이죠."

민호는 천천히 가람과 철순의 어깨를 두드렸다.

"그간 고생했어. 다음 시즌에 보자."

"예? 이, 이번 시즌은요?"

어안이 벙벙한 그들에게 민호가 쯧쯧 혀를 차며 고개를 흔들었다.

"비시즌에 특훈 좀 해 둬. 원하면 내가 연습상대 해줄게. 아니면 군대를 가든지."

"선배님!"

Relic : 미래학자의 회중시계.

Effect : 1분간의 가변적 미래를 관람할 수 있다.

3. 새 계약

게임단 'KG 피닉스' 숙소 안.

아침을 알리는 밝은 햇살이 창문을 통과해 민호의 잠을 깨웠다. 이층 침대 위에서 일어난 그는 부스스한 머리를 한 채로 주위를 둘러봤다. 그리고 위장 부근을 안마하듯 쓰다듬었다.

오랜만에 태형 선배와 진탕 마셨더니 속이 쓰려 잠이 오질 않았다. 나가서 물이라도 한 잔 마셔야겠다 싶어 조용히 침대에서 내려왔다.

6인실인 이 방 안에는 다른 선수들도 잠을 자고 있는 상태였다. 그중에는 이글스 타도를 외치며 훈련에 매진한 가람과 철순도 있었다.

민호는 곯아떨어진 그들 옆을 지나며 혀를 찼다.

'짜식들. 진작 그리 연습하지.'

부엌에서 시원하게 물을 들이켠 민호는 멍하니 식탁 옆에 앉아 요 며칠간의 일들을 회상했다.

동전과 회중시계. 퀴즈쇼 우승과 복귀전 승리.

인생의 근간을 뒤바꿀만 한 두 물건 때문에 뜻하지 않은 것들을 얻게 된 한 주였다.

이것의 활용도는 무궁무진했다. 그리고 세상에는 이것보다 대단한 것들이 널려 있을 것이다. 아버지의 금고에서 본 것들만 해도 대단했으니까.

어디서 어떻게 찾아봐야 할지 고민하던 민호는 하품을 크게 하고 방으로 돌아왔다.

좀 더 자고 나서 생각해도 늦지 않다.

민호는 침대에 오르다 휴대폰이 문자 도착으로 반짝거리고 있는 것을 발견했다.

[강 군. 계약 변경 사항이 있으니 9시까지 준비하고 있어.]

감독으로부터 온 문자였다. KG 피닉스 게임단과는 입대 때문에 계약이 자동으로 연장되어 아직 1년가량이 남아 있는 상태였다. 대우도 좋고 숙소의 상태도 좋았기에 별 불만 없이 지내고 있었는데 갑자기 변경 사항이라니.

'무슨 의미일까?'

시계를 보니 30분도 남지 않았다.

욕실에 들러 간단히 씻은 뒤에 옷을 갖춰 입었다. 잠시 기다리니 누군가 숙소의 벨을 눌렀다. 감독인가 싶어 문을 열자 처음 보는 사내가 인사해 왔다.

“반갑습니다. 강민호 선수시죠?”

“네.”

서른즈음의 평범한 인상의 사내가 손을 내밀었다.

“저는 공도윤이라고 합니다. 오늘부터 민호 선수의 매니저를 맡게 됐어요.”

“매니저요?”

민호는 엉겁결에 악수를 하면서 의아한 표정을 지었다. 게임단에서 선수를 관리하는 건 감독 아니면 코치의 몫이었다. 선수 개인에게 매니저가 붙는다는 건 금시초문인데.

“자세한 얘기는 가면서 하실까요?”

공도윤을 따라 숙소 밖으로 나섰다.

숙소 앞에는 ‘KG Entertainment’의 마크가 붙은 고급 밴이 주차되어 있었다.

“타세요.”

“어딜 가는 거죠?”

“사장님이 뵙고자 하십니다.”

민호는 조수석에 앉아 벨트를 매면서도 왜 자신을 찾는지 의문을 지우지 못했다.

운전대를 잡은 공도윤은 민호를 보며 짧게 웃었다.

“다음부터는 저 뒤에 타세요. 강민호 선수 자리니까.”

밴이 강남 한복판에 있는 KG 엔터테이먼트의 사옥 앞에 당도했다. KG라는 이니셜이 큼지막하게 박혀 있는 현대식 건물은 투명한 유리로 뒤덮인 외관이 인상적인 곳이었다.

민호는 밴에서 내리며 KG 사옥의 세련된 겉모습에 감탄했다.

"제 소속이 이곳으로 바뀐다고요?"

"네, 이제부터는 KG 피닉스가 아니라 본사에서 따로 관리를 받는 선수가 되시는 겁니다."

공 매니저가 자동문 앞에서 카드를 대자 삐빅거리는 소리와 함께 문이 열렸다. 블랙 앤 화이트의 목재 소재로 장식된 깔끔한 복도가 드러났다.

민호는 사옥 내부를 지나며 복도 한쪽 면을 차지하고 있는 액자들에 시선이 머물렀다.

게임단을 운영하는 주체이자 상당한 규모의 회사로 알고 있는 KG의 대표 배우, 가수, MC의 얼굴이 걸려 있었다. 그리고 휴게실 한쪽에 바로 그 얼굴들이 삼삼오오 앉아 담소를 나누고 있는 모습이 눈에 들어왔다. TV에서나 접할 수 있는 바로 그 스타들이었기에 쉽사리 눈이 떨어지지가 않았다.

"이쪽입니다."

공 매니저가 엘리베이터를 가리켰다.

5층의 문이 열리고 비서가 앉아 있는 작은 홀이 나타났다.

민호와 공 매니저를 확인한 비서가 전화기를 들고 말했다.

"강민호 선수 도착했습니다."

비서가 안쪽으로 들어가라고 눈짓해 보였다.

공 매니저가 문을 열었다.

민호는 방을 향해 한발을 내디뎠다.

널찍한 공간 저편, 가죽의자에 몸을 기대고 있던 사장이 몸을 돌렸다. 묶어 올린 머리에 겨자색의 카디건을 걸친 서른 중반의 여인은 공 매니저를 보며 고개를 끄덕여 보였다.

"수고했어, 도윤아."

공 매니저는 고개를 살짝 숙인 뒤에 물러섰다.

"말씀 나누세요."

민호는 내심 놀라는 중이었다. 그 유명한 KG 엔터의 사장은 여자인데다 나이도 많지 않았다. 책상 위에 '사장 임소희'라는 명패만 아니었다면 어느 회사의 젊은 커리어 우먼처럼 보일 행색이었다.

"어서 와요, 강민호 선수. 이쪽에 앉으세요."

"처음 뵙겠습니다."

민호가 의자에 앉으며 고개를 숙였다.

"녹차 괜찮으시죠?"

"네."

임소희는 스피커폰을 눌러 차를 주문했다. 그리고 민호에게 물었다.

"갑자기 불러 당황하셨죠?"

"어느 정도는요. 소속이라는 것이 제가 동의하지도 않았는데 임의로 바뀔 수 있는 건가요?"

임소희는 웃음을 띠고서 고개를 저었다.

"오해가 있었나 봐요. 그 부분을 의논하기 위해서 강민호 선수를 모셔오라 지시했거든요. 먼저 사과드리죠."

사근사근한 말투에 민호는 뭔가 프로답다는 느낌을 받았다. 사장이면서도 오만하지 않은 표정과 언행에 저절로 마음이 놓인 달까. 그러면서도 절대 만만하게 볼 수 없는 건 묘한 자신감이 어려 있는 저 웃음 때문이었다.

똑똑.

"들어와요, 한 비서."

비서가 문을 열고 차를 담은 쟁반을 들고 오는 사이 민호는 자신도 모르게 임소희의 가슴에 시선이 머물렀다. 풍만해 보이는 가슴도 물론 볼만했지만 그것 때문만은 아니었다. 블라우스 앞주머니에 걸려 있는 펜 하나가 관심을 자극했기 때문이다.

검은 광택이 은은하게 어려 있는 펜은 잉크카트리지가 장착되어 있는 꽤 값나가 보이는 만년필이었다.

'뭐지?'

이상하게 끌렸다.

마치 한번 손에 쥐어보라는 듯 홀로 도드라져 보였다. 한동안 펜만 바라보고 있던 민호는 가슴을 빤히 쳐다보는 자신의 눈길에 혹 임소희가 불쾌하게 생각할까 싶어 시선을 돌렸다. 그러다 임소희와 눈이 마주쳤다.

민호는 당황하지 않고 펜을 가리켰다.

"좋아 보이네요."

"만년필 잘 아세요?"

"잘은 모르는데, 이런 말 하면 웃으실지 모르겠지만……."

할 말을 추리고 추린 민호가 멋쩍게 웃었다.

"그 만년필은 유독 품위가 있어 보여요. 자꾸 눈길이 간다랄까?"

두서없음을 스스로 아는지라 본인도 의아한 민호였다.

하지만 그의 말에 임소희는 이채로운 눈빛을 하더니 빙긋이 웃었다.

"꽤 유서 있는 물건이죠."

추억에 잠긴 듯 부드러운 눈매로 임소희가 펜을 꺼냈다. 그리고 자세히 봐도 괜찮다는 듯 민호에게 내밀었다.

'어라?'

민호는 펜을 손에 쥐자마자 관심을 끌었던 빛이 사라진 것을 보고 착각한 건 아닌가 싶었다. 혹시 동전이나 회중시계처럼 능력이 있는 물건인가 싶었는데 당장 확인할 길이 없었다.

그쯤.

잠시 머무른 부드러운 눈빛을 말끔하게 지운 임소희가 책상 위에 문서 하나를 올렸다.

"사인할 준비되신 김에 바로 본론으로 들어가죠. 이건 수정 조항을 담은 민호 선수의 새 계약서에요."

민호는 책상 위에 놓인 계약서를 살피다 물었다.

"게임리그 외의 일에 대한 조항도 있네요."

"그게 핵심이니까요. 공 매니저에게 들었겠지만, 저희는 강민호 선수의 가치를 높게 평가하고 있어요. 단지 프로게이머로서의 능력뿐만 아니라 종합엔터테이너로서의 잠재력이 무궁무진하다는 판단을 했어요."

"종합엔터테이너가 정확히 무슨 의미죠?"

임소희가 리모컨을 들어 전원버튼을 눌렀다. 벽에 붙은 대형 모니터의 불이 켜졌다.

–정답! 정답입니다! 여러분 상금 5억의 주인이 나타났습니다!

화면에서 퀴즈쇼에 나온 민호의 모습이 흘러나왔다.

"저거죠. 대중들에게 친숙한 방송에 나와 즐거움을 주는 사람."

민호가 슬쩍 몸을 뒤로 뺐다.

"저는 게이머지 방송인이 아닌데요."

임소희는 고개를 저었다.

"크게 보면 민호 선수가 프로게이머로서 경기를 치르는 것도 엔터테이너의 요소 중 하나라고 할 수 있어요. 민호 선수의 경기를 보면서 사람들이 열광하고 즐거워하잖아요. 게이머로서 정점에 있는 건 방송에서도 충분히 활용 가능한 장점이에요."

모니터에서 바로 어제 있었던 경기화면이 흘러나왔다.

"상대 선수 무척 잘하는 신인이라던데. 경기는 치열했어요. 그쵸?"

"그랬죠."

임소희는 민호와 이택용의 얼굴을 동시에 비춘 화면에서 정지버튼을 눌렀다.

"똑같이 치열한데 둘의 표정이 달라요. 민호 선수는 관객을 의식하지 않고 플레이를 즐기는 여유를 보이는데, 저 신인선수는 억지로 멋있는 척하려 들고 있죠. 보는 사람에게도 이 차이는 커요."

임소희가 민호를 직시했다.

"민호 선수, 도전 좋아하죠?"

마치 네 속마음을 다 알고 있다고 말하는 듯한 눈길로 임소희가 말을 이었다.

"저도 도전 좋아해요. 단계를 밟아가며 인지도를 쌓고, 더 나은 방송에 출연하고, 더 많은 대중의 관심과 사랑을 받으면서도 자신만의 가치관으로 성장해 나갈 수 있는 사람을 찾는 것. 저는 당신이 그렇다고 판단했어요."

"고작 저 두 번의 방송만으로요?"

임소희는 민호의 말에 입을 가리고 웃었다.

"어머, 그 정도면 충분하죠. 재계약을 원치 않으시면 언제든 말씀하시면 돼요. 이건 제안이지 권고가 아니니까."

민호는 고민에 빠졌다.

수정 조항의 계약기간은 5년.

한번 결정하면 되돌릴 수 없을 것이다. 돈을 벌고 못 벌고의 유무를 떠나 프로게이머의 생활은 그 자체가 재미있다.

그러나 본격적인 방송이라니.

구미는 당기지만 전혀 접해보지 않은 분야였기에 판단하기가 애매했다.

'어쩐다…….'

계약서를 들여다보며 고민하던 민호는 이것의 장단점을 당장 파악하는 것은 힘들다는 생각이 들었다.

"도움 말씀을 좀 드리자면, 본래 계약조건을 유지하더라도 장기계약이 단기계약보다 이익이에요. 배분율이 달라지거든요. 같은 수익을 얻더라도 5년을 계약하면 20% 차이가 나죠. 1억을 벌면 2천을 손해 본다 이 말이에요."

나긋나긋 설명해 주는 임소희의 음성에는 사인하지 않고는 못 배길 것이라는 자신감이 함께 배어 있었다.

'수익배분에 총이익에…… 어휴, 미분 방정식도 아니고.'

매니저와 코디네이터의 인건비부터 시작해서 마케팅비,

의상에 헤어 관리에 세금까지. 자신이 얻는 손익을 명확하게 확인하려면 여러 단계의 복잡한 계산을 거쳐야 했다.

숫자들의 향연은 쉽게 이해되지도, 와 닿지 않았다. 학창 시절 수학이라면 질색을 했던지라 더 그랬다.

"잘 판단해 주세요. 저희 쪽은 최고의 대우를 생각하고 있으니까요."

임소희의 말은 이번에 사인하지 않으면 최고의 대우를 해주지 않겠다는 압박과도 같았다.

"그게……."

민호가 임소희의 말대로 장기계약을 하겠노라고 하려던 그때였다. 손에 쥐고 있던 펜이 저절로 움직이기 시작했다.

'어?'

제멋대로 움직이는 느낌에 민호가 멈칫했다. 만년필이 가는 대로 손이 뒤따르고 있었다.

민호는 계약서에 시선을 던졌다.

평균 수익증가율=20.5%(계약자+회사)

계약자=4.5%(이익 배분 증가 4.5%)

회사=16%(비용 감소 20.5%-이익 배분 감소 4.5%)

펜이 임소희의 말을 수식으로 정리해 놓고 있었다.

순간, 아버지의 말이 뇌리를 스쳤다.

"아들아. 세상에는 말이다. 그 동전처럼 숨겨진 힘을 가진 물건들이 있어. 그리고 우린 그것을 발견하고 이끌어 낼 수 있는 능력이 있다."

'이런 식으로 찾는다는 말이구나.'

아마도 이건 임소희 본인의 영향을 받은 펜 같았다.

사업적인 수단, 손익계산이 기계적으로 빠르게 돌아가는 주인을 그대로 닮은 듯한 능력.

민호는 계약서를 자세히 살피는 척하며 임소희의 펜이 써 놓은 것을 읽어보았다.

복잡한 수익배분만 생각하다가 정작 중요한 걸 놓치고 있었다. 방송 활동을 할 때 들어가는 비용 대부분은 회사 측이 부담하는 것이다. 5년간 이익이 20% 증가라고 말한 것이 틀린 말은 아니었으나 그건 회사를 포함한 수익이었다. 계약서를 꼼꼼하게 훑어보지 않으면 간과하고 넘어갈 법한 부분인 것이다.

"계약자에게 이익배분을 4.5% 올려주면서 5년이나 묶어 둔다는 얘기군요."

민호의 이 말에 그가 계약서에 당연히 사인할 것이라 낙관하던 임소희의 표정이 흔들렸다.

"조정을 원하시는 부분이 있으신가요?"

잠시 생각해 보던 민호가 물었다.

"3년에 이익배분 8%는 어때요?"

"그건 힘들어요. 회사 측에도 손해라서요."
단칼에 거절하는 임소희의 말에 펜이 움직였다.

평균 수익증가율=13.7%(계약자+회사)

계약자=8%(이익 배분 증가 8%)

회사=5.7%(비용감소 13.7%-이익 배분 감소 8%)

수식을 흘끔 바라본 민호가 말했다.
"5.7% 정도의 추가 이득이 손해라 생각하신다 이거죠? 아까 말씀하신 최고의 대우라는 건 결국 5년간의 노예계약서에 사인하는 사람에게 해주는 말인가 봅니다."
"5.7%라니요?"
"평균 수익증가율을 말씀드린 겁니다. 저야 8% 올렸으니 8%고. 회사 쪽은 비용감소가 13.7% 정도 될 테니 5.7% 이득을 보지 않나요?"
속으로 계산을 해보던 임소희가 당혹스러운 표정을 지었다. 3년간의 평균 수익증가율이라는 건, 단순히 얼마 벌어서 얼마 이득이라는 것으로 나오는 답이 아니었다. 회사에 소속된 방송인들의 수익 데이터를 참고해 예상 수익을 내고, 그것의 평균값을 산출하는 일련의 과정이 필요했다.
임소희는 그것을 단번에 얘기한 민호가 신기하다는 듯 물었다.

"저희 회사 회계자료라도 보셨나 봐요?"

"그냥 관심 있는 정도일 뿐입니다."

민호는 손에 쥔 계약서가 상대 쪽에 보이지 않게 한 채로 그저 웃을 뿐이었다.

"다른 조항 말인데, 게임 쪽에서도 웬만하면 본선에 들 테니 연승할 때는 인센티브를 추가해 주세요."

"그게 가능하다면 조항을 넣어 드리죠."

한번 흔들린 임소희가 협상에서 우위를 점하기란 쉬운 일이 아니었다. 민호는 계약서를 처음부터 하나하나 짚어가며 이득을 취하기 시작했다.

3년 계약.

계약자의 최종 수익 증가율 23%.

'이 정도면 매우 선방!'

민호는 만족한 표정으로 최종 결과물을 바라봤다.

"결정하신 건가요?"

임소희의 물음에 민호는 계약서에 써 놓은 수식들에 검은 칠을 해 모두 지우며 말했다.

"마지막으로 한 가지만 묻죠."

"물어 보세요."

"제가 이 사옥의 복도에 걸려 있는 사람들처럼 될 수 있다고 생각하십니까?"

임소희는 처음 민호가 방문에 들어섰을 때 보았던 자신감이 어려 있는 미소를 지었다.

"솔직히 말씀드려요?"

"네."

"투자해 볼 만한 가치가 있다. 이렇게 판단하고 있어요."

민호는 오히려 이 말에 신뢰가 갔다.

"좋습니다. 계약하죠."

사인을 끝마치고 민호가 자리에서 일어났다.

임소희가 먼저 손을 내밀었다.

"앞으로 잘 부탁해요, 강민호 선수."

"저도 잘 부탁드립니다."

악수를 한 후 민호는 임소희의 펜을 가리키며 물었다.

"혹시 계약금 대신 이 펜을 주실 생각은 없나요?"

"훨씬 싸게 먹히겠지만 그건 안 되겠네요. 제겐 굉장히 의미가 깊은 물건이라서요."

민호는 아쉽지만 펜을 돌려줄 수밖에 없었다.

사장실에서 나온 민호는 엘리베이터 앞에 대기하다 휴대폰을 들고 아버지 번호를 눌렀다.

신호음이 가고 윤환의 목소리가 들려왔다.

—왜?

"아버지. 방금 이상한 걸 봐서 말이죠."

민호는 방금 임소희의 펜을 들고 경험했던 것을 이야기했다.

"반짝이기에 집으니까 능력을 쓸 수 있더라고요."

—집안 능력이라고 했잖아. 네가 방금 본 건 애장품이고. 가보로 물려준 동전이나 회중시계는 유품이야.

"그게 구분이 돼요?"

—누구나 애지중지하는 물품이 있잖아. 그것이 본인의 성향과 잘 맞으면 네가 본 것처럼 빛이 나는 거고. 넌 그걸 활용할 수 있어. 대개 그 사람과 관련된 능력일 경우가 많지.

민호는 술술 풀렸던 수식과 임소희를 떠올렸다. 딱 부러지고 지적인 그녀와 만년필의 능력이 놀랍도록 잘 조화를 이뤘다.

—반대로 유품은 그냥 보면 잘 모르지만 그것을 사용했던 사람 고유의 특징이 담겨. 한마디로 갖긴 어렵지만 능력은 더 좋다. 이거다. 찾아서 가질 수 있으면 가져 봐.

민호는 그렇구나 하고 고개를 끄덕였다.

'진짜 알짜는 금고에 있는 거구나.'

윤환의 금고에 있는 보물들은 최소한 유품이 분명했다. 애장품도 쉽사리 얻을 수 없는 걸 생각하면 엄한 데서 찾기보단 물려받는 게 좋을 성싶었다.

민호는 은근히 기대하며 슬쩍 찔러보았다.

"금고에 있는 거 더 파실 생각 없어요?"

-끊는다.

달칵.

일체의 망설임 없이 대차게 끊는 아버지.

열 번 찍어 안 넘어가는 나무 없다는 말은 그냥 옛말일 따름이다. 숫제 철근이니 때리다간 내 도끼날만 망가지겠다.

"우와 쪼잔하시긴!"

바늘로 찔러도 피는커녕 땀 한 방울 안 흘릴 게 선했다. 민호는 치사하다고 투덜거리며 휴대폰을 내렸다.

'애장품과 유품이라.'

이제는 사람들을 볼 때 이모저모로 꼼꼼하게 보는 습관을 들여야겠다.

Object : 임소희의 만년필.

Effect : 종이 위에 손익을 빠르고 정확하게 계산해 준다.

4.
스타일 좋은 오후

민호는 사옥의 휴게실 테라스에 앉아 공 매니저가 건네준 표 하나를 들여다보고 있었다.

내일부터 이어질 한 주간의 스케줄이었다. 방송 활동을 본격적으로 시작한 것이 아니었기에 게임연습 시간 외엔 휑했으나 금요일 저녁 한 가지의 스케줄이 눈에 띄었다.

'라디오 게스트?'

민호는 스케줄표를 내려놓고 공 매니저를 바라봤다.

"계약한 지 얼마나 됐다고 이런 걸 잡아 놨어요?"

미리부터 준비했느냐는 물음에 공 매니저는 '천만의 말씀!'이라며 이야기했다.

"이건 게임단 쪽으로 이미 섭외 요청이 들어와 있던 겁니다. 무슨 스마트한 방송인 특집이라던데."

"스마트한 방송인?"

"민호 씨가 퀴즈쇼 우승하는 것 보고 방송국에서 먼저 연락해 왔어요. 인터뷰 위주로 짧게 진행하는 코너라 부담되진 않으실 겁니다."

민호는 턱을 긁적였다. 이런 표현보다는 동전 튕기기나 선택의 달인 정도가 맞는 말인 텐데.

'뭐, 좋게 봐준다는 데야.'

어쨌든 금요일까지는 프리하다는 소리였다.

민호는 자리에서 일어났다.

"더 들어야 할 얘기 없는 거죠?"

"기다리십시오. 오늘의 스케줄은 남아 있습니다. 회사망에 올릴 프로필 촬영을 하셔야 합니다."

"사진이요?"

"섭외 요청이 오거나 광고주를 만났을 때 전략적으로 활용하기 위함입니다."

회사의 카탈로그 같은 걸까?

민호는 복도에 붙어 있는 KG 소속 연예인들의 멋들어진 사진을 바라보았다.

아무래도 저 비슷한 사진 같은데, 옷을 쫙 빼입고 머리부터 발끝까지 잔뜩 힘을 준 스타와 대충 차려입고 나온 자신의 모습은 누가 봐도 차이가 컸다.

"저…… 이대로 촬영해요? 뭐 꾸미고 그런 거 없이요?"

민호가 자신의 아래위를 가리켰다.

“아, 회사 내에 전문적인 메이크업룸이 따로 있습니다. 방송 활동을 본격적으로 하시게 되면 스타일리스트가 배정되겠지만, 아직까지는…….”

공 매니저는 급이 안 된다는 말을 하기가 애매한지 말꼬리를 흘렸다.

민호는 이해하고는 고개를 끄덕였다.

“어디로 가면 되죠?”

“따라오십시오.”

민호는 공 매니저를 따라 2층에 있는 메이크업룸에 도착했다. 투명한 유리 안쪽으로 세련된 미용실처럼 꾸며진 인테리어가 눈에 들어왔다.

손목시계를 살핀 공 매니저가 말을 이었다.

“아직 11시니까 시간은 충분하군요. 스튜디오 예약이 2시로 잡혀 있으니 30분 전에 출발하겠습니다. 그때 연락드릴게요. 중간에 식사는 지하 식당에서 하시면 됩니다.”

민호는 메이크업룸의 문을 열고 들어섰다. 그리고 입구에 앉아 있는 직원에게 말했다.

“강민호라고 합니다.”

“잠시만요.”

스케줄표를 확인한 직원이 말했다.

“프로필 촬영 예정이시죠?”

"네."

"저쪽에서 잠시만 기다려 주세요."

직원이 대기 의자 쪽을 가리켰다.

민호는 의자에 앉으며 메이크업룸 안을 천천히 둘러보았다.

제일 처음 눈에 띈 것은 거울 앞에 아이돌로 보이는 여자가 앉아 있다는 사실이었다. 전역한 지 얼마 되지 않은 입장에서 여 아이돌이란 건, 군인복무규율 위에 서 있는 전투복음이자 생활의 활력소였다.

관심이 가는 건 당연지사.

'근데 누구지? 유명한 걸그룹은 대충 다 알고 있는데. 데뷔한 지 얼마 안 됐나?'

얼굴만으로는 도저히 구분이 가지 않았다. 연예인임에도 딱히 예쁘다는 느낌보단 평범하다는 생각이 먼저 들었다. 마치 밑바탕이 그려지지 않은 도화지 같달까.

관심을 접고 다른 시설을 둘러보던 민호는 메이크업 전문가로부터 관리를 받기 시작한 그 도화지녀를 지켜보며 다시 시선이 고정되지 않을 수 없었다.

화장이 더해질수록 윤곽이 살아나고 있던 것이다.

'눈이 작았는데…… 커졌다?'

브러쉬로 볼 터치까지 꼼꼼하게 마무리되자 외모가 돌변했다. 버스나 지하철에서 자주 만날 법한 평범함은 옆 차선 너머로 쌩하니 사라져 버렸다.

'미라클! 진짜 매직이야!'

TV에서 보던 아이돌이 바로 앞에 앉아 있었다.

민호는 그제야 이해했다.

저것은 결코 화장이라 부를 수 없다는 사실을.

저건 그냥 사기다.

"오늘은 잘 안 먹네."

화장을 끝내고 머리 관리를 받고 있던 그녀가 거울에 자신을 요리조리 비춰보더니 말했다.

"제이 킴 실장님은 어디 가셨어요?"

"해외 공연 때문에 출장 중이세요."

"오늘 행사 진짜 중요한 건데 최고가 없다니."

거울에 비친 스타일리스트를 탐탁지 않게 바라보던 그녀는 그 옆에 비친 민호에게 눈길이 머물렀다.

"처음 보는데 누구? 연습생?"

그냥 화장도 아니고 변장 중인 여자가 대뜸 반말로 물어왔다. 민호는 어찌 대답해야 할지 고민했다. 저쪽이야 KG 사옥 출입에 익숙할 테니 새 얼굴이 보이면 후배라 생각하는 게 당연한 일이다. 그러나 기본적인 예의조차 없는 태도는 마음에 들지 않았다.

'아이돌은 천사표여야지.'

군대에서 상상했던 그녀가 비눗방울처럼 터지며 사라졌다. 군인들의 피로회복제는 마냥 달콤하고 솜사탕 같지만은 않았다.

슬쩍 회중시계를 꺼내 한 바퀴를 돌린 민호는 1분 동안 이어질 미래의 대화 속에서 대충의 정보를 확인하고 고개를 끄덕였다.

"나는 민호. 너는? 연습생?"

민호가 같은 방식으로 대꾸하자 상대의 눈이 휘둥그레졌다.

"뭐래? 너 내가 누군지 몰라?"

"글쎄. 그 눈 화장 좀 잘 마무리하면 대충 펑키라인의 오소라처럼 보이긴 할 것 같은데."

그걸 알면서 그래? 라고 쏘아보는 오소라의 눈길에 민호는 가볍게 물었다.

"너 오소라 맞아? 우와, 화장 안 하면 진짜 못 알아보겠다."

"야!"

오소라가 발끈함과 동시에 민호도 정색하고 말했다.

"너는 스물셋, 나는 스물넷. 너는 방송 데뷔 삼 년 차, 나는……."

민호는 프로게이머로 데뷔하던 스무 살의 겨울을 떠올렸다.

"……사 년 차. 그러니 내가 오빠이자 선배. 못 믿겠으면 검색창에 게이머 강민호라고 쳐 봐."

싱긋 웃으며 손가락을 입에 가져갔다.

'조용히 변장이나 마저 해'라는 느낌으로 윙크 한 번 해주자 오소라가 입꼬리를 부들부들 떨며 고개를 억지로 숙여 보였다.

"강민호 씨? 이쪽으로 오세요."

세팅 준비가 끝나자 담당자가 민호를 불렀다.

민호가 거울 앞에 앉았다. 자신을 스타일리스트 정훈이라고 소개한 남성 메이크업 담당자가 민호의 머리에 물을 뿌리며 말했다.

"어디 보자, 프로필 촬영이죠? 헤어스타일은 나쁘지 않으니 그대로 살리는 편으로 하고, 피부도 미백이 필요한 수준은 아니네요. 바탕이 좋아요."

정훈이 얼굴 여기저기에 수분 크림을 바르고 미스트로 마무리하자 민호는 얼굴에 생기가 도는 느낌이 들었다.

'이거 변장이라고 무시할 게 아닌데?'

뽀송뽀송한 피부톤으로 바뀌어 가는 자신의 모습에 은근히 감탄이 일었다.

정훈은 스타일을 연출하기 위해 머리에 핀을 고정한 채로 15분 정도를 기다려야 한다고 설명했다.

가만히 앉아 있다 보니 서서히 졸음이 몰려오는 것이 느껴졌다. 의자도 편안하고, 아무것도 안 하고 기다리고만 있어야 하는 상황. 옆을 보니 오소라도 꾸벅꾸벅 졸고 있었다.

하품하는 그에게 정훈이 말했다.

"괜찮으니 눈 좀 붙이셔도 돼요. 스케줄이 몇 시죠?"

"2시요."

"촬영 스튜디오는 가까우니 여유 있네요."

이른 아침부터 메이크업을 해야 하는 방송인들의 특성상 거울 앞에서 조는 건 늘상 있는 일이었다. 민호는 양해를 구하며 스르르 눈을 감았다. 어제의 과음과 더불어 계약 건 때문에 잠이 부족했다.

공도윤은 밴 안에 앉아서 차 이곳저곳을 꾸미는 중이었다.

산뜻한 냄새가 나는 방향제를 올려놓고 새 시트를 깔고, 백미러 아래엔 눈에 넣어도 안 아플 두 살배기 딸아이 수아의 사진을 걸어두었다. 그리고 뿌듯한 마음으로 밴을 살폈다.

이 바닥에서 지낸 지 6년째.

이제 자신은 개인 담당자와 밴 하나를 끌고 다니는 지위까지 올라섰다. 별별 연예인들을 다 겪어가며 고생한 것이 드디어 결실을 맺은 것이다.

'프로게이머라…….'

그러나 오늘부터 담당하게 될 강민호는 뭔가 보통 연예인과는 다른 느낌이었다. 신인의 패기는 아닌데 묘하게 여유가 흘러넘치는 모습에 과연 잘 적응할 수 있을지 쉽사리 판단이 서지 않았다.

잘 케어해 줘서 성공시켜야 자신 역시 더 높은 자리로 올라설 수 있다. 공도윤은 백미러에 비친 자신을 보며 고개를 끄덕였다.

'장차 KG 엔터의 부장으로 승진할 매니저계의 엘리트, 공도윤! 수아도 지켜보고 있다. 파이팅!'

자기최면을 끝마친 공도윤은 뺨을 툭 때리고 딸아이의 사진을 향해 웃었다.

띠리리릭.

휴대폰을 보니 바로 드라마 부서의 담당실장 이름이 떠 있었다.

"지 실장님?"

–그래, 도윤아. 우선 승진 축하한다.

"하하, 감사합니다."

–급하니까 본론만 말할게. 너 지금 누구 하나 픽업해 올 시간 돼? 보니까 네 담당 2시에 B스튜디오 예정이던데 A스튜디오에 가야 할 사람이 있거든.

"누군데요?"

–서은하.

이 이름을 입에 담은 지 실장의 음성에서 묵직한 짜증이 함께 전해졌다.

"무슨 일이래요?"

–화보 촬영이 있는데 강의 시간을 뺄 수 없다고 고집을 피우잖아. 이게 몇 천짜리 계약인지는 알고 하는 소리야? 멋

대로 움직일 거면 개인 매니저를 배정받던가. 내가 진짜 사장님이 밀고 있는 애만 아니면 당장 짤랐어.

"알겠습니다. 제가 픽업해 올게요."

—부탁해. 어디 있는지는 알지?

공도윤은 운전대에 손을 올리고 시동을 걸었다.

'이 아가씨 고집 하나는 알아줘야 한다니까.'

서은하는 학업과 연기를 병행하며 활동 중인 KG 엔터의 여배우로 작품 수가 많지 않음에도 적잖은 인기를 끌고 있는 회사의 기대주였다.

외대 정치외교학 전공이라는 높은 스펙과 더불어 연기력 또한 좋았기에 드라마 부서에서는 본격적인 활동을 하자고 계속 회유해 왔다. 그러나 본인이 딱 못을 박았다. 방송 활동은 학비를 벌기 위한 수단일 뿐이라고.

회사를 빠져나온 밴이 교차로를 지나 외대를 향해 움직였다. 공도윤은 대학로 근처에 도착해 휴대폰을 들었다.

—서은하 씨, 공 매니저입니다. 정문 정류장 쪽에서 기다리고 있을게요.

문자를 날리자마자 곧바로 답장이 왔다.

—공 매니저님이 오신 거예요? 아싸! 금방 가요!

잠시 뒤, 사이드미러를 살피고 있던 공도윤은 멀리 옷깃을 휘날리며 뛰어오고 있는 한 사람의 모습에 눈웃음을 지었다.

큼지막한 안경에 푹 눌러쓴 모자.

여느 대학생만큼도 꾸미지 않은 저 아가씨를 누가 주말드라마에서 새침하고 세련된 여동생 역할로 인기를 끌었던 서은하라고 생각하겠는가.

연예인을 수도 없이 보아온 공도윤의 입장에서 서은하의 외모는 출중한 편이라 생각하고 있었다. 저것이 전혀 꾸미지 않은 얼굴이라는 것을 고려하면 탑에 오를 가능성도 높았다. 보통의 여배우는 카메라 마사지를 받을수록 예뻐지니까.

가까이 다가온 서은하가 유리창 너머로 '저 왔어요' 하며 양손을 흔들어 보였다.

드르륵.

"후아."

밴의 뒷문이 열리고 숨을 가쁘게 몰아쉬는 그녀가 들어섰다.

"다행이네요. 공 매니저님이 오셔서. 지 실장님에게 한소리들을 각오는 하고 있었는데."

책가방을 떡하니 내려놓는데 상당히 묵직해 보였다. 전공서적이 들어 있으리라 짐작한 공도윤은 시동을 걸며 물었다.

"강의는 잘 받으셨습니까?"

서은하는 모자를 벗어 머리를 정리해 뒤로 묶더니 고개를 흔들었다.

"어려워요, 어려워."

그녀는 팔을 앞으로 착 뻗고 연설하는 듯한 동작을 선보였다.

"투표가 아니면 총탄을! 이런 말 들어 보셨어요?"

공도윤은 고개를 흔들었다.

"잘 모르겠네요. 영화 대사입니까?"

"아, 영화도 있어요. 말콤X. 아무튼 폭력과 비폭력 사이의 민권투쟁에 대해서 분석 리포트를 써야 하는데 교수님이 워낙 깐깐해서 말이죠. 정치인들이 공약 안 지킨다고 총으로 빵! 쏠 수는 없잖아요."

공도윤은 그렇군요라고 고개를 끄덕일 뿐이었다.

"어머, 얘 누구예요?"

서은하의 시선이 백미러에 걸려 있는 아기 사진으로 향했다.

"제 딸입니다. 공수아."

"진짜 귀엽다. 매니저님 많이 닮았어요."

"안 닮았으면 싶었는데."

그러면서도 흐뭇하게 웃는 공도윤에 서은하도 함께 활짝 웃었다. 여느 연예인과는 달리 격식을 따지지도, 까다롭지도 않은 그녀였기에 매니저들 사이에서는 성격 좋기로도 유명했다.

똑똑하고 예쁜데다 성격까지 좋다는 건 바꿔 말하면 연예인으로서의 가치가 그만큼 높다는 소리다.

공도윤은 두꺼운 책을 들여다보기 시작한 서은하를 보며 저쪽을 담당했으면 승진은 떼 놓은 당상이었을 것이란 생각이 들었다. 그에 반해 지금 담당자는 미지수.

엑셀을 밟으며 '잘되겠지'라고 중얼거리는 공도윤이었다.

"후아암."

민호는 크게 기지개를 켜며 눈을 떴다. 짧지만 꿀맛 같은 단잠을 자고 나니 몸이 다 개운했다.

"응?"

주위를 둘러 보니 메이크업 담당자들이 보이지 않았다. 오소라도 온데간데없었다. 입구의 안내 직원만 유일하게 남아 있는 터라 메이크업룸 안이 휑했다.

"다 어딜 갔지?"

민호는 목에 대어 있는 쿠션과 12시를 갓 넘은 시간을 확인하고 대강의 상황을 짐작했다. 깊은 잠에든 자신을 깨우지 않은 채 점심이라도 먹으러 간 모양이었다.

자리에서 일어난 민호는 휘파람을 불며 완성된 자신의 스타일을 감상했다.

피부는 전보다 환해졌고 각진 웨이브가 들어간 채로 한쪽으로 넘어가 있는 헤어스타일은 꽤 멋져 보였다. 전문가의 손길이 확실히 다르긴 다르다.

"점심이나 먹자."

머리끝을 톡 건드리며 고개를 돌린 민호는 미용 도구가 가지런히 정리되어 있는 함 쪽에 시선이 머물렀다. 그 안에 은은한 광택이 보였기 때문이다.

'오호라.'

민호가 발견한 것은 손때가 묻어 있는 가위였다.

역시나 임소희의 펜과 마찬가지로 굉장한 호기심이 그를 재촉했다.

저 가위의 능력은 뭘까?

입구의 직원 눈치를 보던 민호가 슬금슬금 도구함으로 다가갔다. 가위는 오래된 것처럼 보여도 그것을 수납해 놓은 도구함은 고급스러웠기에 함부로 건드리면 안 될 것 같은 분위기를 띄었다.

사실 꼭 비싼 게 아니어도 남의 물건에 함부로 손을 대면 안 되지만, 그래도 궁금한 걸 어쩌랴.

"실례~"

민호가 가위를 손에 쥐었다.

닿자마자 은은하게 어려 있던 광택이 사라졌다. 가까이서 보니 같은 스테인리스 재질임에도 주위의 도구와는 전혀 다른 색감을 뽐내고 있었다.

'명품인 건가?'

한참을 들여다봤으나 사각거리며 머리카락을 부드럽게 다듬어 줄 것만 같은 가위 본연의 기능 외에 어떤 힘이 있는지는 감이 오질 않았다.

민호는 머리카락이라도 건드려 보기 위해 거울 앞으로 다가갔다. 그리고 거울에 비친 자신의 모습에 놀라고 말았다.

방금 그렇게나 만족했던 헤어스타일에 부자연스러운 부분이 눈에 띈 것이다.

'소프트 투블럭, 언더컷 느낌으로 커트해 왁스로 깔끔하게 누른 건 숱이 풍성한 머리와 매칭이 안 돼. 자연스러운 웨이브가 강점인 소프트 스왈로우풍이 좋겠어. 지금 스타일에서 왁스를 덜어내고 오물조물 조정하면…….'

자신이 무슨 생각을 하는지 제대로 알지도 못한 채, 무아지경에 빠진 민호는 세면대에서 머리를 빠르게 헹군 뒤 돌아와 스스로를 스타일링 하기 시작했다.

드라이로 머리 뿌리부터 말리고, 고데기로 윗부분의 머리를 착착 감아올리고 다시 살살 푸는 과정을 반복하다 보니 부스스함은 없어지고 헝클어진 듯 내츄럴한 머릿결로 재탄생됐다.

사각~

소리와 함께 끝 부분에 삐져나온 약간의 머리카락이 가위에 잘려나갔다. 그리고 민호는 퍼뜩 정신을 차렸다.

"뭐야 이거."

민호는 순식간에 스타일이 변한 자신의 머리와 마주했다. 방금보다 튀지도 않으면서 훨씬 고급스러워 보이는 머리였다. 그가 뭘 하는지 지켜보고 있던 입구의 직원은 그사이 입만 벌린 채 그의 행동을 바라보고 있었다.

"하하……."

민호가 어색하게 웃어보이자 어색하게 마주 보던 직원이 고개를 돌리며 중얼거렸다.

"요즘 신인은 저런 것도 배워서 와?"

제이 킴 밑에서 1년간 머리만 감겨 주며 일을 배워온 직원 입장에선 일개 신인이 홀로 저런 스타일링이 가능하다는 것을 인정하고 싶지가 않았다.

직원은 관심 없는 척 모니터만 바라보다 민호가 시선을 돌리자 슬쩍 휴대폰을 들어 사진을 찍었다. 나중에 저 머리 참고해 봐야겠다.

민호는 가위를 보며 감탄했다.

'이런 게 바로 애장품이란 말이지?'

미용 도구 아래 '제이 킴'이란 이름표를 바라봤다. 여기 실장이라고 얼핏 들은 것 같은데.

이 가위 역시 제이 킴이 소중히 다루던 도구가 분명할 것이기에 아쉽지만 돌려놔야 했다.

'으~ 나중에 최고급 미용 가위 하나 사 들고 와서 교체해 달라고 해볼까?'

그러다 금방 '안 먹히겠지?' 하며 시무룩해졌다.

훔칠 수도 없고 애장품을 막 달라기도 좀 그랬다. 아쉬움에 거울을 차분히 얼마를 보았을까.

새삼 그동안 신경 쓰지 않았던 헤어스타일과 그 효과가 크게 다가왔다. 평소 자신 같은 사람을 디자이너들이 볼 때 어떤 눈으로 봤는지 확실하게 이해된 것이다. 멋스러움에 대한 안목이 조금은 생겨난 기분이었다.

'이렇게 머리 다듬는 거는 평소에 써 먹어도 괜찮을 거 같아. 틈틈이 와서 손에 익혀야겠어.'

가위를 얻을 수 없으면 직접 익혀라도 보겠다 다짐하던 때, 민호는 메이크업룸 유리창 너머로 공 매니저와 한 젊은 여성이 걸어오는 것을 발견했다.

"1시 반에 출발이니까 서둘러 준비하세요."

공 매니저가 문을 열며 민호에게 짧게 고개를 숙였다. 같이 들어온 젊은 여성이 안을 둘러보며 말했다.

"네, 그런데 점심시간이라 아무도 없나 봐요."

공 매니저가 난처한 표정을 지었다.

"그럼 큰일인데. 스튜디오 스케줄이 빡빡해서 늦으면 안 되거든요."

"혼자 하죠 뭐."

"가능하시겠어요?"

"기초 메이크업인걸요. 나머지는 광고회사 측에서 컨셉에 맞게 바꾸니까요."

공 매니저는 고개를 끄덕이며 물러서다 거울 앞에 서 있던 민호의 헤어스타일을 확인했다.

"오오! 확실히 인물이 삽니다. 제이 킴 실장님이 해주셨나요?"

"아, 이건 제가……."

민호는 아직까지 손에 쥐고 있는 가위를 흔들어 보였다.

공 매니저는 '에이, 설마?' 하는 표정으로 재차 물었다.

"본인이 하셨다고요?"

대답하다 보니 '아차' 싶었다.

"어쩌다 보니. 그런데 이분은 누구시죠?"

대충 얼버무린 민호가 옆의 여성을 바라봤다. 공 매니저가 설명하기 전에 여성이 먼저 눈을 마주치며 활짝 웃었다.

"저는 KG 엔터 소속의 배우 서은하라고 해요. 강민호 선수 맞죠? 제가 The Answer 진짜 좋아해서 봤거든요. 반가워요."

"반갑습니다."

막 등교를 마치고 돌아온 것만 같은 단정한 옷차림의 서은하를 보며 민호는 서글서글 웃는 인상이 예쁘다는 느낌을 받았다.

아까 본 오소라와는 질적으로 다른 단아함이 보인다고 해야 할까? 태생부터 그냥 미인인 사람이 있구나, 싶은 빼어난 외모였다

"실례할게요."

거울 앞에 앉은 서은하는 묶은 머리를 풀고 안경을 벗은 채 진열대에 놓인 화장품에 시선을 두었다.

"으음, 기초화장부터라고 했지?"

무엇부터 바를지 고민하며 작게 중얼거린 그녀가 둥근 병 하나를 집어 들었다.

병에 적혀 있는 이름을 읽고 고민에 빠진 그녀.

민호는 그 모습에 뭔가 여성이 기본적으로 갖춰야 할 화장술에도 무척 서툴다는 느낌을 받았다.

'그게 아니라 옆에 것부터.'

가위를 손에 쥐고 있던 민호는 평소에는 이름조차 모를 화장품의 기능과 효과가 머릿속에 떠오르는 것을 느꼈다.

아마도 이건 주인인 제이 킴의 스타일링 능력을 고스란히 담고 있는 것이 분명했다.

"그건 크림이고 기초화장을 하려면 그전에 수분 에센스부터 바르셔야 합니다."

서은하가 민호 쪽으로 고개를 돌렸다.

"그래요?"

민호는 앞의 화장품들을 하나하나 짚어 주었다.

"크림, 에센스, 파운데이션. 순서대로요."

끄덕끄덕.

서은하가 눈을 크게 뜨고 민호의 말에 집중했다.

"날이 건조하니까 파운데이션에 오일 한 방울을 섞어 주면 좋습니다. 끝나고 미스트로 마무리하면 되고요. 이해됐죠?"

"잘 아시네요."

민호는 가위를 본래 자리에 내려놓으며 대수롭지 않다는 듯 말했다.

"어쩌다 보니 말이죠. 공 매니저님, 저 점심 좀 먹고 올게요."

"알겠습니다."

메이크업룸을 나서는 민호를 공 매니저가 신기하다는 듯 바라봤다. 에센스를 얼굴에 바르고 있던 서은하가 웃으며 말했다.

"퀴즈쇼 우승자답네요. 화장까지 박학하셔."

"그러게 말입니다."

공 매니저가 운전하는 밴이 KG 사옥을 출발했다. 민호는 바로 옆 좌석에 앉아 책을 들여다보고 있는 서은하에게 시선이 머물렀다.

많이 꾸민 것도 아니다. 단지 얼굴에 크림 좀 바르고 생머리를 늘어트려 놓았을 뿐인데 그 자체로 빛이 났다.

'저런 걸 한 듯 안 한 듯 화장했다고 하는 거지?'

연예인 아무나 하는 게 아니라는 것은 얼굴만 봐도 티가 났다. 그러고 보니 주말 드라마 마니아였던 후임 녀석이 '내 딸 은영이'에 대해서 극찬을 늘어놓았던 것이 떠올랐다.

여주인공보다 저 서은하가 예쁘다는 칭찬이 더 많았던 것 같은데.

실제 연예인을 이렇게 가까이서 보고 나니 그 녀석 마음이 이해가 갔다.

'같이 사진 좀 찍어놓고 면회 갔을 때 보여주면 까무러칠 거야.'

책장을 넘기고 있던 서은하가 고개를 돌렸다. 민호는 눈이 마주치자 당황을 감추고 빙긋 웃어 보였다. 우연히 본 것뿐이라는 제스처를 취하며 자연스럽게 시선을 거두려는데 그녀가 말을 걸어왔다.

"강민호 씨. 상식 풍부하시죠?"

"네?"

"그 10단계 정치문제 말이에요. 저희 과 애들은 전부 헷갈려 했는데 단번에 맞추셨잖아요."

"그야…… 그랬죠. 커험."

민호는 목이 따가운 척 재빨리 헛기침했다. 동전을 빌려 찍었을 뿐이기에 어떤 문제였는지도 가물가물했다. 기억을 더듬고 있는 와중에 서은하가 물었다.

"그 식견을 빌어서 의견을 구할 것이 있는데 혹시 가는 동안 잠깐 시간 좀 내주실 수 있어요?"

서은하는 생글거리는 웃음과 함께 '부탁해요'라고 두 손을 모았다. 청순한 외모에 눈이 팔려 그녀가 어떤 책을 들여다보고 있는지 이제야 확인한 민호는 갑작스레 난감해졌다.

'저게 책이야 베개야?'

정치발전론.

페이지의 반 이상이 영문인 그녀의 전공서적에는 밑줄과 메모가 빼곡하게 들어차 있었다. 건성으로 보고 있던 게 아니라는 말이다.

'어쩌지?'

오늘 처음 만난 아리따운 여성 앞에서 '잘 찍어서 우승한 거라구요! 아하하!' 이렇게 실없는 소릴 할 수는 없는 노릇.

방법을 고심해야 했다.

동전은 객관식 문항에 답이 나와 있는 것만 대답해 준다.

하지만 주관식이라면?

상황에 따라 대답이 매번 달라지는 문제는 동전도 답을 주지 않는다. 그냥 운이 좋았을 뿐이라고 둘러대면 그뿐이지만 왠지 자존심이 허락지 않았다. 예쁜 여자 앞에서 허세를 좀 부려주는 건 남자의 자존심이기도 하다고!

그때 꼼수가 퍼뜩 떠올랐다. 쉽지는 않은 방법이지만.

'적어도 쪽팔리지는 않잖아.'

민호가 잠깐 사이 바짝 마른 입술을 매만졌다.

서은하는 민호가 승낙할 낌새를 보이자마자 곧바로 전공서적을 들이밀며 눈을 반짝였다.

"제가 요즘 배우는 부분이거든요."

"정치발전론이군요?"

정치외교학과생의 열의에 민호는 잠시만이라는 뜻으로 손

을 들어 올렸다. 그리고 시간을 보는 척 주머니에서 회중시계를 꺼냈다.

"음, 2시까지 10분 정도 남았네요."

딱 10분을 엄수하겠다는 제스쳐.

시간관념이 철저하다고 보일 수 있으나 그때까지 기필코 잘 넘겨보겠노라는 민호의 굳은 다짐이기도 했다.

"이야~ 이런 시계를 진짜 들고 다니는 분은 처음 봐요."

"아버님께 물려받은 유서 깊은 물건이죠."

'거기다 3억'이라고 속으로 중얼거렸다.

민호는 내심 심호흡을 하고 '정치발전'이라는 생경한 분야를 열심히 커닝하기 시작했다. 그곳은 각오했던 만큼 낯설고 단어 하나하나가 이상하게 꼬인 나라였다.

찰칵.

뚜껑이 열린 회중시계 속 바늘이 재깍거리는 소리와 함께 빠르게 한 바퀴를 돌았다.

민호는 서은하와 1분간 주고받을 대화 내용에 집중했다.

[민권투쟁의 역사에 대해서 리포트를 준비 중인데요. 아무래도 5, 60년대 흑인인권과 관련해서 많은 사람이 부딪혔던 시기가 좋겠다 싶더라고요. 마틴 루터 킹의……]

힐끔 그녀의 책을 보는 척한 민호가 목소리를 가다듬고 태연자약한 척 말했다.

"루터 킹의 비폭력주의와 말콤 X의 무력투쟁을 주제로 삼으셨나 봐요?"

민호의 말에 서은하는 약간 놀란 눈으로 그를 바라봤다.

'일단 성공?'

서은하가 고개를 끄덕였다.

"……맞아요."

"저도 관심 있는 분야라 책을 읽어본 적 있습니다. 영화도 재미있게 봤고요."

바뀐 대화 양상에 따라 회중시계는 계속해서 움직였다.

[차별이라는 건 결국 무지에서 오는 문제 같아요. 이때까지 박혀 있던 백인들의 인식과 싸워야 했던 거죠. 그런 의미에서…….]

'요 포인트!'

"그런 의미에서 저는 불평등 문제를 해결하기 위해 계몽부터 시작한 루서 킹 쪽에 더 마음이 갑니다."

"어쩜, 완전 공감해요."

"민권투쟁이라고는 하지만 중요한 건 양심에 따라 옳지 않다고 생각되는 것을 거부하는 거죠."

"맞아요!"

서은하가 맞장구치자 민호는 씩 웃는 척 얼른 대본과 대사를 암송했다. 그녀는 모를 것이다. 깍지 끼고 있는 자신의 손에 땀이 가득 찼다는 것을.

하지만 조금만 더 버티면 됐다.

낯선 낱말에 혀가 꼬일 뻔했지만 잘 이겨내고 오직 쪽팔리지 않겠다는 목표를 향해 달렸다.

"86년도였나. K방송국 시청료 납부거부 운동을 리포트 사례 중에 삽입해도 괜찮을 것 같습니다."

"저도 그 생각했는데. 농촌 실상에 대해 왜곡 보도한 방송국에 대항해서 납부를 거부한 농부 이야기 맞죠?"

'그런 멋진 농부도 있었어?'

쥐뿔도 모르지만, 민호는 여유 있게 고개를 끄덕였다. 실상은 서은하 본인이 전부 한 얘기들이었지만 뭐 어떠랴, 먼저 말한 사람이 임자인걸.

대신 외우고 읊조리는 민호의 머리엔 하나의 생각만 가득했다.

두 번은 못 해먹겠다! 라는 거였다.

그래도 서은하의 미소와 리액션을 볼 수 있으니 흐뭇한 웃음이 맺히는 건 어쩔 수 없었다.

그리고 마침내 고대하던 때가 도래했다.

"서은하 씨. 말씀 나누시는 중에 죄송하지만. A스튜디오 도착했습니다."

"벌써요?"

'아싸!'

공 매니저의 말에 서은하가 아쉽다는 듯 창밖을 내다봤다.

민호는 똑같이 창밖을 보면서 몰래 한숨을 푹 내쉬었다. 기력이 쫙 빠졌다. 게임 이야기라면 막힘없이 한 다발 풀어놓을 수 있지만, 정치학이라니.

스스로 생각하기에도 잘 버텼노라 칭찬이 절로 나왔다.

서은하가 고개를 꾸벅 숙였다.

"시간 가는 줄 몰랐네요. 고마워요, 민호 씨. 덕분에 리포트에 대한 윤곽이 잡혔어요."

"뭘요. 저도 공부가 됐습니다."

이건 반쯤은 진심이었다. 송충이는 솔잎을 먹어야 한다는 깨달음을 물씬 느꼈으니까.

민호가 그렇게 한숨 돌리고 있는 사이 차에서 내린 서은하가 밝게 인사해 왔다.

"다음에 또 이런 얘기 나눠요!"

또?

"아뇨!"

누구 마음대로!

"예?"

반사적으로 대답한 민호가 고개를 홱홱 흔들었다.

"아니요. 아니, 괜찮다고요. 하하하하!"

순간 어리둥절한 표정을 보인 서은하가 빙긋이 웃었다.

"제가 보답으로 밥 살게요."

"아, 네…… 에?"

대꾸해 놓고도 후회막급이었다. 그사이 서은하는 운전석 쪽을 향해서도 인사했다.

"공 매니저님도 픽업 고마웠어요!"

양손을 흔들던 서은하가 사라지자 공 매니저는 민호 쪽으로 고개를 돌렸다.

"가만 보면 강민호 씨는 재주가 많으신 것 같습니다. 서은하 씨와 그렇게 말이 잘 통하는 분은 처음 보거든요. 학교 다니실 때 공부 잘하셨나 봐요."

"또 해야 한다니."

"예? 또요?"

의아한 공 매니저였지만 민호는 딱히 그를 위해 설명해 주지 않았다. 대신 영혼이 빠져나간 듯 축 처졌다가는 뒤늦게 웃었다.

맞다, 다음만 생각할 이유가 없지 않은가. 오늘은 자존심을 지켰다.

"그래도 남자로선 승리했습니다."

민호는 전투에서 승리한 듯한 뿌듯함으로 고개를 끄덕였다. 그런 민호를 멀뚱히 보던 공 매니저가 이내 헛기침했다.

"뭔가…… 강민호 씨는 자기만의 세계가 있으신 것 같군요."

최대한 순화해서 표현한 공 매니저의 생각이었다.

"다 됐습니다."

"벌써요?"

민호는 빠르게 촬영을 끝마치고 휙 가버린 사진사의 등을 보며 고개를 숙였다.

"수고하셨습니다."

B스튜디오의 프로필 촬영은 생각보다 간단히 진행됐다.

준비된 정장을 입은 채로 근접 촬영 1장 전신사진 1장. 셔터를 누르던 사진사는 따로 표정 주문도 없이 평소 상태만 유지해 달라고 요청해 왔다.

마치 모르는 사진관에 들려 증명사진을 급히 찍는 것처럼 무미건조한 시간이었다.

촬영을 끝마치고 B스튜디오를 나오니 공 매니저가 수고했다며 음료수를 건네 왔다.

"원래 이렇게 기계적으로 찍어요?"

"하루에도 서너 명씩 거쳐 가니까요."

역시나 아직은 인지도 없는 신인일 뿐이란 소리였다.

민호는 고개를 끄덕이며 밴에 올라탔다. 자신은 막 열을 내서 일하는 스타일은 아니지만 한번 빠지면 어떻게든 끝을 보고 마는 성격이었다. 그냥 거쳐 가는 신인으로 남지 않을 자신이 있었다.

자리에 앉은 민호는 휴대폰에 문자 도착을 알리는 표시가 떠있는 것을 발견했다.

'게임단 애들이려나?'

번호를 되살린 지 얼마 되지 않아 연락 올 곳이 한정적이었다. 민호는 별 기대 없이 화면을 열었다.

[서은하예요. 실례인 줄은 알지만 공 매니저님 졸라 번호를 물어봤어요. 앞으로 친하게 지내요. *^^*]

"어?"

산뜻한 느낌이 가득한 문자에 민호는 입이 딱 벌어졌다. 조금 전에 헤어진 여자 연예인한테 문자가 온 것이다.

그것도 친하게 지내자는 메시지가!

자신의 노력은 절대로 헛된 것이 아니었다.

"왜 그러십니까?"

공 매니저가 무슨 일이냐는 듯 백미러를 흘끔거렸다. 그를 보는 민호의 입가에 고마움이 듬뿍 담긴 웃음이 그려졌다.

"그냥 땡큐요."

"네?"

"하하. 앞으로도 잘 부탁한다고요."

"아, 예. 저도 잘 부탁합니다."

민호의 환한 웃음에 공 매니저는 이해할 수 없다는 듯 한 박자 늦게 대답했다.

한편, 민호는 잠시 고민에 빠졌다.

어떻게 답장을 해줘야 좋을까? 친하게 자주 보다가 가까워지고 조금 더 진행된다면……!

흐뭇한 웃음이 더욱 짙어졌다.

'시작이 중요하니까, 멘트를 잘 써야지.'

그렇게 무척 예쁘다느니, 오늘 만나서 즐거웠느니를 구구절절 쓰던 도중이었다. 상상의 나래를 펼치던 민호는 서은하와 함께 도서관에 있는 이미지, 안경을 쓴 채 학술서적을 사이에 두고 커피숍에서 리포트 데이트를 하는 상상을 하다 흠칫! 몸을 떨었다.

어째, 만남의 장소들이 너무 건전하다? 민호는 그 이유를 어렵지 않게 떠올릴 수 있었다.

"민권투쟁의 역사에 대해서 리포트를 준비 중인데요."

"차별이라는 건 결국 무지에서 오는 문제 같아요."

"농촌 실상에 대해 왜곡 보도한 방송국에 대항해서 납부를 거부한 농부 이야기 맞죠?"

그녀와 주고받은 이야기들이 죄다 어떤 거였는지를 생각하면 딱 떠오른다.

도서관, 서점, 공부와 논문이.

'아, 진짜 예쁜데…….'

가슴에 손을 얹고 물어보자.

오늘 즐거웠었나?

진땀만 잔뜩 났었는데?

정말 아름답고 바람직한데, 함께 있는 시간은 어려웠었다.

한 번이야 잘 속였지만, 다음에도 잘되리란 보장은 없다. 그녀랑 대화를 웃으며 주고받으려면 베개인지 무기인지 모를 전공서적 몇 권은 독파해야 하리라.

인정할 수밖에 없었다.

"나랑 안 맞아."

코미디 프로 대신 뉴스나 토론회를 보는 여자다. 지켜보면 참 좋은데 같이 하면 식은땀이 날 거 같은 미녀였다.

머릿속에서 골 아픈 정치 공부와 서은하의 미모를 저울질하던 민호는 부르르 몸을 떨고는 간결하게 한 단어만 써서 보냈다.

[그러죠.]

기분 나쁘지 않게, 하지만 더는 미련 두지 않는 답 메시지였다.

민호는 휴대폰을 내렸다. 그러나 어쩔 수 없는 본능이 아리따운 그녀의 모습을 눈앞에 띄웠다. 슬며시 실눈을 뜬 민호는 자신도 모르게 검색창을 열어 서은하라고 쳐버렸다.

'아, 정말 예쁘다…….'

화보 촬영 중이란 기사를 클릭하니 사진 한 장이 나왔다. 밴에서 내릴 때의 수수한 모습은 온데간데없는 화사한 여신을 발견했다.

"우와!"

다른 말이 필요 없었다. 심장이 쿵쿵 뛸 만큼 매력적이었다.

하지만 머리가 아프도록 어려운 것도 분명한 사실.

놓치면 분명히 후회할 거 같았다. 공부할 생각을 하면 피로가 겹겹이 밀려오지만, 이 인연을 이렇게 포기하는 건 자존심이 용납지 않았다.

'으으, 몰라!'

갈팡질팡하는 그의 눈에 '앞으로 친하게 지내요. *^^*'라는 글자가 자꾸만 읽혔다.

그래, 이건 하늘의 뜻이다!

메신저에 서은하의 번호를 추가해버린 손가락을 보며 민호는 남자로서의 본능을 받아들였다.

"까짓, 하고 만다, 공부!"

정치학쯤이야 달달 외워서라도 말이 통하면 될 일. 그 정도 못하랴. 민호는 남자로서의 호연지기가 꿈틀거리는 것이 느껴졌다.

그리고 그날 서점에서 정치발전론을 산 민호는 밤에 그 책을 베고 3분 만에 잠이 들었다.

침이 흥건해질 만큼 깊은 숙면이었다.

OPbject : 제이 킴의 미용가위.

Effect : '제이 킴'스러운 맞춤 스타일링이 가능해진다.

5.
라디오데이

AM 08:00.

민호는 아침부터 숙소에 들이닥친 공 매니저 때문에 잠도 제대로 못 자고 끌려 나와 회사로 향하던 중이었다.

"인터뷰 준비와 개인 리허설, 맞춤 코디를 할 겁니다."

어영부영 딸려가던 그가 작게 자유를 투쟁했다.

"고작 30분 코너에 무슨 준비를 그리해요?"

"본인을 매력적으로 포장하는 건 연예인의 기본입니다."

"윽."

왠지 이 말은 반박할 수가 없었다. 귀찮은데, 말은 참 맞는 말이다.

"스케줄에 대해 좀 더 알아봤습니다. 특집이다 보니 보이는 라디오로 진행하더군요. 동반 출연하는 분은 H대 출신 래퍼 진큐."

'H대?'

학벌과 퀴즈쇼 우승자라는 공통분모는 민호에게 사뭇 낯선 조합이었다.

"저쪽은 이미 인지도가 있어서 민호 씨가 주목받기가 쉽지 않아요. 생방을 진행하면 DJ는 실시간 청취자 반응이 좋은 사람에게만 말을 거는 경향이 높거든요."

'이쪽도 경쟁이구나.'

공 매니저는 신호등 앞에 밴을 멈추고 운전석 옆에 놓아둔 서류봉투를 뒤로 넘겼다.

"가면서 보세요. 회사에서 제공하는 자료니까."

"예~"

느긋하게 보겠노라며 민호는 하품을 크게 하는 채 자료를 받아들었다. 서류봉투는 꽤 두툼했다.

인터뷰 요령과 돌발질문 대처법에 대한 KG 엔터의 매뉴얼부터, 프로그램별, 진행자별 대응 화법까지. 매우 두툼한 자료가 구축되어 있었다.

'별걸 다 대비하네.'

리그경기를 치를 때 상대가 선호하는 전략의 약점만 노려 칼같이 쳐들어가 GG를 받아내는 것과 다르지 않아 보였다. 선호하는 플레이 스타일은 아니지만, 방송에서만큼은 신인이니 따라야겠지.

"오늘 출연하실 라디오는 '8시의 음악여행'이라는 프로입니다. 배철환 씨 아시죠?"

"연배 좀 있으신 가수분 아닌가요?"

"맞습니다. 이분이 진행하는 프로인데, 20년 넘게 진행한 장수 프로라 라디오임에도 불구하고 파급력이 상당하죠. 게다가 오늘은 특집 편성이고요."

민호는 휴대폰으로 8시의 음악여행을 검색해 보고는 적잖게 놀랐다. 프로게이머가 경기를 하고 나면 웹상에 기사가 많아야 1~2개 정도 뜨는데, 이건 어제 하루 동안의 기사 수만 10개가 넘었다.

"가면서 라디오 좀 들어보세요. 8시의 음악여행과 DJ 성향이 비슷해요."

운전하던 공 매니저가 카오디오의 버튼을 눌러 라디오 주파수를 맞췄다. 스피커에 잔잔한 음악이 깔리며 DJ의 차분한 목소리가 흘러나왔다.

―……거울을 처음 본 아이는 깜짝 놀랍니다. '어? 누구지?' 손을 대보면 거울 속 아이도 손을 마주 대거든요.

이 모습을 빙그레 보고 있는 엄마가 '찰칵' 카메라 셔터를 누릅니다. 놀라서 뒤에 보고 깜짝 놀란 아이는 다시 앞을 보죠. '어라? 여기도 있고 저기도 있네?' 그렇게 처음 거울을 보았을 때의 아이는 놀랍고 궁금하고 신기함에 가득합니다.

재미있는 친구가 생긴 날이거든요.

자~ 오늘 우리의 친구는 어땠나요? 출근 전에, 등교 전에, 일상의 문을 열기 전에 마주한 저곳에는 화장실과 화장대, 차창의 풍경이 있습니다. 그곳에 있는 낯익은 친구가 왠지 입을 꾹 다물고 시무룩해 하지는 않았나요?

그럼 가볍게 인사해 주세요. 마음으로 '힘내, 내일은 주말이거든!' 하면 금방 웃어줄 테니까요.

6월 27일 금요일 아침. 뷰티풀 모닝입니다.

멘트에 따라 힐끔 차창을 보고 씩 웃어본 민호는 뒤이어 흘러나오는 멜로디에 고개를 끄덕이며 서류를 읽었다.

그리고 눈은 종이 위에 있는 채 귀는 착 감기는 기타의 리듬감에 빠져 손가락을 까딱이게 되었다.

민호는 음악이 잦아들며 광고가 흘러나오자 공 매니저에게 물었다.

"이 노래 좋은데요?"

특히 기타 연주가 매력적이었다. 공 매니저도 볼륨을 줄이며 지나가듯 말했다.

"이상건이라고 인디계에서는 유명한 싱어송라이터의 노랩니다. 제목은 꿈꾸는 청춘이죠."

민호에겐 생경했지만, 공 매니저에겐 빠삭한 분야였나 보다.

"아는 분이에요?"

"좁은 바닥이니까요."

공 매니저는 아련한 향수에 빠진 듯한 표정을 짓더니 말했다.

"저도 한때는 가수를 꿈꿨죠."

"오, 노래 잘하시나 봐요?"

새삼 다른 그의 모습을 볼 거라는 기대감이 조금 피어올랐다.

"그래서 접었습니다."

"예?"

노래를 잘하는데 그래서 접었다?

"톤은 엄청 좋은데 음정을 잘 못 잡는다고 하더군요. 어떻게, 한번 들려 드려봐요?"

공 매니저는 목소리를 가다듬었다. 그 모습에 민호가 멋쩍게 웃었다.

"절대로, 무조건 참아주세요."

민호는 후배 가람이 평소 걸그룹 노래를 어떻게 따라 부르는지 익히 들어봤기에 극구 사양했다. 음치인 가람이가 입에 달고 사는 말이 바로 '저는 음정만 좀 맞추면 노래 진짜 잘해요'였다.

"그나저나 방송 탄 김에 이 친구도 음원 차트에 좀 올랐으면 좋겠네요."

"노래는 좋아 보이는데 인기가 없나 보죠?"

"요즘은 음악성만으로 대중을 만족시키기 쉽지 않으니까

요. 사정이 딱해서 빛을 봤으면 싶은데 열심히 한다고 되는 것만이 아닌 게 이 세계라서 말입니다. 그냥 응원할 수밖에요."

크게 공감하던 민호가 손에 쥐고 있던 자료 뭉치를 흔들었다.

"이 일도 열심만으로 될 일은 아니라고 봅니다만?"

"됩니다. 절대로, 무조건!"

공 매니저는 힘을 가득 실어서 말했다.

그사이 민호는 자료를 슬쩍 내려놓으려고 했으나 백미러를 통해 공 매니저와 눈이 마주친 통에 한숨을 삼키고야 말았다.

'쳇.'

아까 노래하지 말라고 했던 말을 마음에 담아둔 게 분명했다. 민호는 다시 자료로 시선을 돌렸다.

AM 10:00.

KG 엔터 3층의 공용 사무실 안.

"에고~"

의자에 축 늘어져 있던 민호는 마지막 자료를 내려놓고 크게 기지개를 켰다.

공 매니저가 이렇게 의욕적으로 과다한 자료를 구해다 준 건 자신을 똑똑하다고 판단해서였다. 아마도 서은하와의 막

힘없는 대화를 들은 것이 컸으리라.

'내가 천재인 줄 알고 있는 거 아니야 이거?'

민호는 그런 착각이라면 기분 나쁘지 않다고 웃다가 더 큰 스케줄이 잡혔을 때 공 매니저가 어찌 나올지를 떠올리고 서서히 웃음이 잦아들었다.

"에이. 설마 또 그러겠어?"

떠오른 생각을 맹렬하게 부정하는 그때였다.

휙.

문이 열리고 공 매니저가 고개를 들이밀었다.

"다 보셨죠?"

"대, 대충?"

떠듬떠듬 대답하자 공 매니저는 '역시!' 하며 두툼한 서류를 보였다.

"이것도 확인해 보십시오."

라디오 대본을 한 아름 안겨준 공 매니저가 고생하시라는 말과 함께 사라졌다.

"……."

PM 01:00.

파락. 파라락.

종이를 넘기던 손가락이 허전해졌다.

한 바퀴를 돈 대본 뭉치가 첫 페이지를 드디어 보인 것이다.

"다했드~아!"

민호는 깊은 해방감으로 몸에 힘을 쫙 빼고 의자에 기댔다. 끝끝내 졸음을 참고 자료를 모두 독파한 자신이 대견할 따름이다.

그때였다.

벌컥!

공 매니저가 들어섰다.

"끝나셨어요?"

움찔 놀란 민호는 잽싸게 공 매니저의 손을 보았다. 무언가 들고 있으면 아직 덜 읽었다고 할 요량이었다.

다행히도 손에 쥔 것은 없었다. 마음을 푹 놓은 민호가 안심하고 웃으며 너스레를 떨었다.

"보시다시피요."

여유롭게 부채처럼 쫙 흔들어 보이니 공 매니저 역시 고개를 끄덕였다.

"역시 시간이 남으셨군요. 그래서 준비했습니다."

공 매니저는 벽장 쪽으로 걸어가더니 버튼 하나를 눌렀다.

드르륵거리는 소리가 시작되자 민호는 알 수 없는 불안감에 휩싸였다.

"보이는 라디오 시청각 자료도 확인해 보십시오."

이윽고, 천장에서부터 하얀 스크린 하나가 내려왔다. 민호의 손에서 라디오 대본이 와르르 떨어졌다.

'……사람 살려.'

PM 03:00.

긴긴 시간이었다. 뒤집어도 돌아가는 국방부 시계처럼 버텨내기를 두 시간.

"하하…… 하하하! 다 봤다?"

몽롱한 정신 상태로 '8시의 음악여행' 보이는 라디오 4주치 분량을 관람한 민호는 혹시 공 매니저가 숨어 있진 않나 문 밖에 귀를 기울였다.

아니나 다를까 발자국 소리가 뚜벅뚜벅 이어졌다. 감시 카메라라도 설치했는지 끝날 때마다 귀신같이 나타난다!

'그래도 이젠 끝났겠지.'

사람이 양심이 있지, 설마 또 뭔가를 하겠는가. 방송 공부했고 대본 빠삭하게 읽은 데다가 4주치를 연속으로 복습했다. 이제는 '수고하셨습니다'라고 하는 게 인지상정이리라.

지극히 상식적인 민호의 생각이었다.

그리고 문이 벌컥 열렸다.

"가시죠."

말도 안 돼!

"설마, 뭔가가 또 있습니까?!"

벌떡 일어난 민호에게 공 매니저가 엄지를 치켜들었다.

"역시 쌩쌩하시군요. 연습생 두 명 섭외해서 리허설 준비해 놨습니다."
"서, 섭외도 했어요?"
"이건 대본인데 많지 않으니까 간단히 암기 부탁드립니다."
"……암기?"
민호는 공 매니저가 내민 종이를 받아 들었다.
A4 2장.
'10포인트로 꽉꽉 채웠자나아아아!'
소리 없는 아우성이 이어졌다.
부들부들 떨던 민호가 고개를 들었을 때, 이미 공 매니저는 저만치 걸어간 상태였다.

PM 05:00
진이 쪽 빠졌다. 영혼을 하얗게 불태운 기분이랄까.
메이크업룸에 앉아 꾸벅꾸벅 졸던 민호는 어깨를 톡톡 건드리는 느낌에 축 늘어져 있던 머리를 들어 올렸다.
동글동글한 안경을 쓰고 뒤로 머리를 묶고 있는 미인 하나가 손을 흔들어 보이고 있었다.
'……누구?'
몽롱한 정신을 가다듬던 민호는 서은하의 반짝거리는 눈

과 마주치자 해쭉 웃었다. 안 쓰던 두뇌를 너무 써서 졸음이 한가득 눈에 담겨 있는 상태였다.

"많이 피곤하신가 봐요?"

꿈결 같은 그녀의 얼굴과 이야기에 민호 역시 자연스레 대꾸했다.

"네, 굉장히 피곤하네요."

생각 같아서는 공 매니저 욕을 한 사발 하고 싶었지만, 그녀 앞에서라 참았다.

"이거, 공 매니저님이 전해 달래요."

서은하가 따끈한 커피를 흔들어 보였다.

고작 이거로 퉁 치겠느냐 싶었으나, 배달원이 서은하라 두 번 참기로 했다.

"요 앞 카페에서 뵀거든요. 미팅 끝나고 곧 올라오신대요."

"뭐 안 들고 있었죠? 대본이나, 서류나 기타 등등 같은 거 말입니다."

"전혀 안 보였어요."

"천만다행이네요."

민호는 커피를 받아 들고 주섬주섬 자리에서 일어났다. 잠시 조는 와중에 헤어와 메이크업은 끝나 있었다. 잠을 잔 것도 아니고 안 잔 것도 아니라서 여전히 기분은 오묘한 상태였다.

남자 메이크업 담당자에게 감사를 표한 뒤 뒤쪽의 대기석에 앉았다. 서은하도 메이크업 대기 중인 터라 자연스레 옆에 앉게 됐다. 여자 쪽은 줄이 좀 밀려 있었다.

"라디오 가신다면서요?"

그녀가 바짝 붙어 앉았지만, 민호는 딱히 화들짝 놀라지도, '혹시 나한테 관심이 있는 거 아니야?' 하는 상상도 않았다.

그냥 꿈이니까 친구랑 자연스럽게 있는 거로 편하게 느껴진 것이다.

"네. 8시의 음악여행 아세요?"

"그거 저도 가끔 듣는 프로에요. DJ 선생님 목소리가 참 매력 있어요. 따뜻하고, 중후하고."

"그분 진행도 잘하시더라고요. 졸린 상태로 4주치를 들었는데도 끝까지 들을 정도로 말이죠."

"4주치라니요? 아, 방송 준비요?"

"말도 마요. 오늘 공 매니저님이 보기보다 엄청 치밀하다는 걸 뼈저리게 느꼈거든요. 제 상태 보세요. 이게 해탈한 웃음입니다."

허허하는 할아버지 웃음을 보이자 서은하가 입을 가리고 키득거렸다.

그 웃음의 여운 때문일까.

말을 할 때마다 그녀는 미소를 띠었고 그래서 그런지 뺨에 언뜻언뜻 귀여운 보조개가 보였다.

그런데 자신은 라디오 때문에 와 있다지만 그녀는 왜 여기 있는 걸까? 커피 전달해 주러 온 건 아닐 텐데 말이다.

"스케줄 있나 봐요?"

"오디션이 있거든요."

"아이고, 대본."

서은하의 손에 들려 있는 드라마 대본을 본 민호는 고개를 흔들었다. 종일 해보고 새삼 느낀 건데, 주입식 공부는 할 짓이 아니다.

여자 쪽에 일렬로 앉아 있는 대기자들을 살피던 서은하는 시계를 확인하고 자리에서 일어났다.

"수업 때문에 좀 늦었더니 오래 걸리겠어요. 대충 화장만 하고 가야겠네요. 아무튼, 오늘 라디오 잘하세요."

"대충이요? 서은하 씨도 오디션이라면서요?"

"괜찮아요."

서은하는 생긋 웃고는 자리에서 일어났다.

남자 쪽 비어 있는 자리에 앉아 또 홀로 기초화장을 시작한 그녀를 보며 민호는 잠시 고민에 빠졌다.

'나를 매력적으로 포장하는 것이 연예인의 기본이라고 했지?'

온종일 자신을 들볶은 공 매니저를 끝까지 따른 것은 이 말을 인정했기 때문이었다.

민호는 제이 킴 실장의 물건이 정리되어 있는 곳으로 다가갔다. 그리고 옆의 담당자에게 물었다.

"여기 가위 잠깐만 써도 될까요?"

"어? 헤어 끝나셨잖아요. 맘에 안 드세요?"

"제가 할 건 아니고……."

제이 킴의 가위를 꺼내 든 민호는 날을 살짝 움직여 보았다.

사각.

부드러운 소리가 귓가에 맴돌며 머리를 만지고 싶은 욕구가 마구 샘솟았다.

시간상 자신의 머리까지 할 수는 없기에 민호는 꾹 참고 서은하에게 다가갔다. 그녀는 일전에 가르쳐준 순서대로 기초화장품을 바르는 중이었다.

서은하가 거울에 비친 민호를 바라봤다.

"응? 왜요?"

"머리 잠깐만 손봐드릴게요."

그녀가 눈을 크게 떴다.

"민호 씨가요?"

어깨를 으쓱 해 보인 민호는 서은하의 머리를 살폈다.

'수수한 옷차림에 화장을 진하게 하지 않으니 러블리한 연출을 하면 좋겠어. 이마가 갸름하니 올림머리 쪽?'

반신반의하는 서은하와는 달리 민호는 분무기를 들고 샤삭 뿌린 뒤 뽀송뽀송해질 때까지 빗질을 시작했다. 그 과감한 손길이 생각보다 능숙했기에 서은하는 말없이 지켜보기 시작했다.

풍성한 웨이브를 연출하기 위해 고데기를 척척 감았다가 풀었다. 머리를 헐렁하게 묶으며 일부러 옆머리를 한두 가닥 남겨 내추럴한 잔머리를 연출했다.

둥글게 말아 올려 마무리하니 귀여운 느낌의 당고머리가 뚝딱 완성됐다.

"어머……."

서은하가 놀라워하는 사이 메이크업룸 밖에 공 매니저가 나타났다.

"강민호 씨. 차 밀리는 시간 전에 출발해야 합니다."

공 매니저의 급한 손짓에 민호는 서은하의 머리에서 손을 떼고 물러섰다.

뭐, 이 정도면 나름 괜찮아졌다.

워낙 그녀의 바탕이 뛰어나서 살짝만 손을 대도 효과는 200%로 나오니까.

"그럼, 오디션 잘 보세요~"

"고마워요, 민호 씨."

가위를 반납하고 밖으로 나가는 민호를 향해 서은하가 손을 흔들었다. 그리고 거울에 비친 자신의 모습을 살핀 서은하는 다시 한 번 놀라고 말았다.

그 짧은 사이에 이렇게 어울리는 스타일을 만들어 내다니. 뭔가 아주 가끔만 볼 수 있는 제이 킴 실장님을 보는 것만 같았다.

PM 06:00.

운전석에 올라탄 공 매니저는 고개를 돌려 민호의 전신을 스캔했다. 버튼이 달린 와플무늬 니트와 검은 진을 입은 패션에 깔끔하게 정리된 헤어까지.

"좋군요."

공 매니저가 고개를 돌려 시동을 걸었다.

"예~ 성은이 망극합니다. 휴우."

민호는 허탈한 표정으로 창밖에 시선을 두었다. 저 한마디를 듣기 위해 아침부터 이리 바삐 움직였다.

밴이 사옥을 나와 M 방송국으로 출발했다. 공 매니저는 가는 길에 라디오를 틀었다. 눈을 감고 있던 민호는 잠이 오지 않아 조용히 흘러나오는 멘트에 귀를 기울였다.

아까는 그렇게 졸렸는데, 막상 출연이 다가오니 슬슬 긴장감이 스멀스멀 피어오르나 보다.

—……하루의 마무리가 시작되는 시각. 다들 집으로 향하고 계신가요? 4925님. '저녁 먹으러 나왔어요. 야근이 남아 다시 회사로 들어가야 해요.' 어휴, 일이 남으셨군요. 빨리 마무리하고 들어가시길. 7573님. '지하철 너무 좁아!' 하고 느낌표를 뒤에 다섯 개나 붙이셨네요. 붐비는 지하철만큼 피

곤한 곳도 없죠. 저도 그런 상황이 되면 다음 역에서 제발 사람들이 다 내렸으면 하고 빈답니다.

얼굴도 보이지 않는 누군가의 목소리를 빌어 자신의 사연을 공유한다는 것은 생각보다 괜찮은 일 같아 보였다. 그저 남의 이야기를 읽고 위로해 주는 것뿐인데 민호도 왠지 위안을 받은 기분이었다.

'이렇게까지 준비했으니까, 나도 뭔가 해야겠지.'

고작 30분 출연에 다른 사람 분량까지 생각하면 15분이 될까말까한 방송을 준비했지만, 그런 건 전혀 상관없을 만큼 라디오 본연에 대한 기대감이 들었다.

밴은 M 방송국의 지하 주차장에 멈춰 섰다.

띠링.

밖으로 나가려는데 문자 수신음이 울렸다. 민호는 휴대폰을 들었다.

[그러고 보니 오늘 첫 방송이죠? 꼭 들을게요. *^^*]

서운하였다.

'꼭?'

뭔가 모호한 단어.

일전에 그녀가 친하게 지내자고는 했으나 그것이 친구로서인지 관심이 있어서인지는 정확히 표현한 적이 없었다.

민호는 침대 머리맡에 두고 수면제로 활용 중인 전공서적을 생각했다. 몇 번 읽다 포기했지만, 다시 읽고 싶은 욕구가 생길 만큼 오늘도 서은하의 매력은 철철 넘쳤다.

"공 매니저님."

"네?"

"서은하 씨, 혹시 남자친구 있어요?"

흑심이 가득한 그의 물음에 공 매니저는 웃으며 답했다.

"그건 모르겠는데 졸업하기 전까지 절대 남자를 사귀지 않겠다고 말 하시는 건 들었습니다."

눈이 번쩍 뜨였다.

'그럼, 그 주인공이 내가 될 수 있겠는데? 서은하가 외대 3학년이니까, 앞으로 1년 반만 관계를 잘 유지하면…….'

상상의 나래를 펼치던 민호가 뒤이어 고개를 흔들었다.

'아니야. 여자 예쁜 건 3개월이라잖아.'

중요한 건 대화가 잘 통해야 한다는 속설이 있다. 관심 분야가 전혀 다른데 가깝게 지내면 만날 때마다 피곤해질 수밖에 없다.

그러다 반대로 고개를 끄덕였다.

'서은하 정도면 3개월만 행복해도 만족이지 않겠어?'

결론은 하나.

'책 좀 더 주문해서 읽어둬야겠어.'

3개월 행복하다가 말도 잘 통하게 되면 더 행복해질 수 있는 거니까. 히죽 웃은 민호는 깔끔하게 정리를 끝마치고 밴을 나섰다.

✹

PM 06:30.

엘리베이터를 타고 1층의 안내데스크에 도착하자 공 매니저가 방문일지를 작성해 직원에게 내밀었다.

"라디오 스튜디오 방문이신가요?"

"맞습니다."

확인절차가 끝나고 투명한 판으로 가려져 있던 문이 열렸다. 민호는 방송국 직원들이 바삐 움직이고 있는 로비를 지나 라디오 스튜디오가 쭉 늘어서 있는 복도를 걸어갔다.

"이쪽입니다."

공 매니저가 관계자 외 출입 금지라는 푯말이 붙어 있는 3번 스튜디오를 가리켰다.

"시간에 맞춰 가는 것보다 일찍 가는 것이 좋은 인상을 심어 줄 수 있습니다. 라디오 작가분들은 느긋하게 준비하는 걸 좋아하시거든요. 긴장하지 말고 오늘 연습한 대로만 하시면 됩니다. 저는 끝나는 시간에 맞춰서 오겠습니다."

공 매니저는 '믿습니다!'라는 표정으로 주먹을 불끈 쥐어 보였다.

민호는 고개를 끄덕이고 스튜디오의 문을 열었다.

심기일전! 하고 들어서니 안쪽에서 대화 중인 두 사람이 고개를 돌렸다.

"강민호라고 합니다. 안녕하세요."

사십 초반의 키 작은 남성은 안경철 PD 서른 중반의 살집이 좀 있는 여성은 심보라 작가였다.

"강민호 씨! 어서 와."

안 PD가 일어나 악수를 청해 왔다.

'평소에는 유쾌하지만, 방송에 들어가면 깐깐하게 돌변하는 타입이라고 했지.'

민호는 공 매니저의 말을 떠올렸다.

"일찍 오셨네요. 믹스커피 괜찮으시죠?"

심 작가의 물음에 민호는 고개를 숙이며 감사를 표했다.

이쪽은 10년째 이 프로를 담당 중인 베테랑으로 순한 인상과는 달리 실수를 용납하지 않는 완벽주의자라고 했다.

안 PD가 민호를 한쪽의 자리로 안내했다.

"The Answer 보고 심 작가가 강력히 추천하더군. 잘생긴 사람만 보면 아주 섭외 못해 안달이 나지."

"어머. 저는 제 남편 제일 잘생겼다고 생각하거든요?"

커피를 타던 심 작가의 대꾸에 안 PD가 좌우를 두리번거렸다.

"뭐야? 어디 도청장치라도 있나? 아. 아. 마이크 테스트. 남편 분. 아내 너무 들볶으시는 거 아닙니까?"

"PD님!"

민호는 안 PD의 넉살에 같이 웃다가 라디오 중계실 쪽에 시선이 머물렀다.

불이 반쯤 꺼져 있는 부스 안쪽, 이름 모를 오디오 장비에 각종 선이 뒤엉켜 있는 DJ의 자리가 눈에 들어왔다. 아무도 앉아 있지 않았음에도 그 자체로 후광이 보이는 듯했다.

저곳이 바로 이곳으로 오며 들었던 라디오가 송출되는 공간이다.

'어라?'

안을 구경하던 중, 오디오 장비에 가려져 있는 틈 안쪽에 무언가 반짝였다.

이제는 좀 익숙해진 숨겨진 힘이 있는 물건에 어리는 빛이다.

'오호~'

민호는 저곳에 누군가의 애장품이 자리해 있음을 직감했다.

PM 07:00.

희끗희끗한 머리에 콧수염이 인상적인 노신사가 MBS 방송국의 입구로 걸어 들어왔다. 그를 본 안내데스크의 직원이 살가운 인사를 건네 왔다.

"어서 오세요, 선생님."

"응, 오늘도 고생이 많네."

점잖게 손을 흔들며 지나가는 그.

방송국 직원이 아님에도 막혀 있던 출입문이 곧장 열렸다.

80년대 인기그룹인 활주로의 리더로, 데뷔 후 30년간이나 꾸준히 활동해 온 그였기에 마주치는 이들마다 먼저 인사를 해왔다. 노신사는 그때마다 자리에 멈춰 인자한 웃음과 함께 안부를 주고받았다.

"예능국으로 옮겼다더니 요즘 할 만해?"

"말도 마세요. 시청률 안 나온다고 국장님이 아주 난리에요."

"열심히 해 봐."

"조만간 꼭 좀 출연해 주세요, 선생님."

"생각해 봄세."

그렇게 로비를 지나 3번 라디오 스튜디오 앞에 멈춰선 노신사는 안으로 들어가려다 옆쪽의 소란스러움에 고개를 돌렸다.

"제발 부탁드립니다. 저 일주일에 고작 이 코너 하나 하는 거 잘 아시잖아요."

복도 끝.

기타를 메고 있는 한 사내가 문고리를 붙잡고 안쪽에 사정하고 있었다.

"글쎄 위에서 내리라는 걸 어떡해. 추억의 노래를 불러 주는 컨셉은 좋은데, 가수도 가수 나름이지. 청취자 반응이 영 별로야."

PD가 스튜디오 문을 닫고 사라졌다.

"연락 주십시오! 기다리고 있겠습니다!"

사내의 외침에도 문은 미동하지 않았다. 사내는 복도에 우두커니 서서 쉽사리 발걸음을 떼지 못했다.

"이보게."

노신사가 사내 옆으로 다가왔다.

고개를 푹 숙이고 있던 사내는 노신사를 보자마자 깜짝 놀라 인사했다.

"처, 처음 뵙겠습니다, 배철환 선생님. 이상건이라고 합니다."

"고개 숙이고 다니지 말게."

"네?"

배철환은 이상건의 어깨에 손을 올리고 위로하듯 톡톡 두드렸다.

"땅을 보고 노래하면 듣는 사람이 먼저 알아채. 가수에게 필요한 덕목은 여러 가지가 있지만, 자네에겐 자신감이 가장 부족한 것 같군."

대선배의 정곡을 찌르는 충고에 이상건은 몸 둘 바를 몰라 했다.

"기회는 한 번으로 끝나지 않아. 실망하지 말고 계속 노래

부르게나."

다시 한 번 어깨를 두드려 준 배철환이 스튜디오 안으로 사라졌다.

이상건은 명심하겠다는 듯 허리를 깊게 숙여 인사했다. 그리고 노신사가 사라진 3번 스튜디오를 바라봤다.

PM 07:05.

음향감독과 구성 스태프들이 하나둘 자리한 가운데 장비 체크가 시작됐다. 분주해진 스튜디오 안에서 민호는 당장 중계실 안에 들어가 저 반짝이는 물건을 확인해 보고 싶은 욕구와 싸우는 중이었다.

"강민호 씨. 저랑 동갑이네요. 대학은 어딜 나오셨죠?"

라디오 진행표를 확인 중이던 또 하나의 게스트가 민호에게 물어왔다. 민호는 별 생각 없이 고개를 저었다.

"안 나왔어요. 고등학교 졸업하고 바로 게임단에 들어갔죠."

"흐음, 그래요?"

래퍼 진큐는 정장을 쫙 빼입고 왔는데, 그 차림새가 무슨 시상식을 나가는 것처럼 화려하기 그지없었다. 보이는 라디오는 화려하게 차려입기보단 평상복 속에서 그 멋을 찾는 것이 좋다는 공 매니저의 말이 생각났다.

'공항 패션에 신경 쓰는 패션스타들의 마음인 걸까?'

진규가 민호에게 시선을 거두고 혼잣말로 중얼거렸다.

"뭐야, 급 떨어지게. K대 윤제훈이나 S대 진트 정도는 데려와야지."

민호는 잘못 들었나 싶어 고개를 돌렸다.

진규는 아무렇지 않은 척 라디오 진행표를 보며 휘파람을 불고 있었다.

'저거 나한테 한 소리 맞지?'

아무리 래퍼 중에 전투민족이 많다고 들었지만 처음 보는 사람을 대놓고 디스 하다니. 평소 싸움을 걸고 다니지는 않지만, 오는 싸움을 한사코 마다하는 성격도 아니었다.

민호는 공 매니저에게 주입식으로 전해 들은 래퍼 진규에 대한 정보를 떠올렸다.

"진규 씨, 본명이 박진규인가요?"

"본명은 알아서 뭐하게요?"

"아니, 자주 가는 카페 유머 게시판을 보니까 '사회 비판 심하게 하는 래퍼 박진규 군 면제더라'라고 욕하는 글들이 있어서요. 어디 많이 아프신가 봐요?"

"뭐라고요?"

"혹시 외국인? 아르헨티나에서 오셨다거나 그래요?"

진규는 얼굴이 빨개졌다가 헛기침을 하며 못 들은 척 했다.

"아, 여기 기사 있네. 저런. 어깨도 많이 아프시고. 약까지 드실 정도면 심각한데 이거. 이빨은 멀쩡하시죠?"

아예 라디오 진행표에 얼굴을 처박고 시선조차 주지 않는 진규를 보며 민호는 피식 웃고 말았다. 다들 쉬쉬하지 면전에 대놓고 말한 사람은 없었나 보다.

'좋은 대학 나왔으면 멀쩡히 좀 살지.'

진규의 모양새가 애써 억누르고 있지만, 더 건드리면 폭발할 모양새인지라 민호도 이쯤에서 끝내기로 했다.

그때.

달칵.

문이 열리며 반백의 머리를 한 중년인이 들어왔다. 세월의 흔적을 담은 눈가의 주름이 인상적인 그는 음악여행의 DJ 배철환이었다.

공 매니저로부터 가장 잘 보여야 할 상대라고 귀에 못 박힐 정도로 들었기에 반사적으로 일어나 인사하려는데, 옆에 대기 중이던 진규가 쏜살같이 튀어 나가 허리를 90도로 꺾었다.

"오셨습니까, 선배님!"

"어어, 그래. 진규구나."

민호는 저것이 무릎에 골병이 들어 면제 판정을 받은 이의 움직임이 맞나 의심스러워졌다.

"오늘 똑똑한 사람 특집인가 그런데 네가 나온 거냐? 랩만 하는 줄 알았더니."

"래퍼도 학력 시대입니다, 선배님. 하하."

뒤늦게 일어난 민호도 배철환 앞에 섰다.

“처음 뵙겠습니다. 이제 막 방송일 시작한 신인 강민호라고 합니다. 프로게이머를 겸하고 있습니다.”

“아, 민호 군도 반갑네. 내 손주 녀석이 그 뭐더라, 펜타스타인가?”

“펜타스톰 말씀이죠?”

“그래, 그거 팬이라 자네 얘기를 종종 해.”

배철환은 민호의 어깨를 두드려 준 뒤 심 작가에게 대본을 건네받았다. 그리고 라디오 부스로 향했다.

진규는 배철환이 안 보일 때까지 허리를 숙이고 있다가 고개를 슥 들었다.

그리고 민호를 보며 으르렁거리듯 말했다.

“어이, 고졸. 방송 잘해보자고.”

눈빛이 잡아먹을 듯한 것이 군 면제 힙합워리어의 기상이 짙게 느껴졌다.

민호는 가볍게 고개를 끄덕였다.

“잘 해봐요.”

프로게임계에서도 저 비슷한 성향의 선수가 있다. 겉으로 자신을 크게 드러내 플레이하는 선수치고 멘탈이 좋은 이는 드물다.

이기면 깝아뭉개고, 지면 발광하는.

겪어보면 별것 없는 것이 가장 큰 특징이랄까.

민호는 그랬기에 별다른 걱정이 들지 않았다.

"30분 전입니다! 선생님 오셨으니 사운드 체크부터 다시 해볼게요!"

안 PD의 목소리에 스태프들이 자리를 잡았다.

민호는 DJ석에 앉은 배철환에게 시선을 돌렸다. 1시간 전부터 궁금했던 물건의 정체. 드디어 그것을 확인할 시간이 왔다.

배철환이 대본을 올려놓고 탁자 아래에서 무언가를 꺼내 들었다. 손바닥만 한 크기의 상자가 탁자 위로 올라왔다.

'뭘까?'

안에서 나온 것은 미러볼 같은 것에나 달릴 법한 거울 조각이 잔뜩 붙어 있는 큼지막한 헤드폰이었다.

'반짝이 헤드폰?'

배철환의 진중한 모습과는 어울리지 않는 디자인에 놀라워하고 있는 민호 옆으로 심 작가가 다가왔다. 그녀는 부스 안을 보더니 짧게 웃었다.

"선생님이 음악여행 처음 출연하셨을 때 쓰신 거래요. 보이는 라디오 하는 날에는 꼭 저걸 사용하시죠."

"첫 출연이면 무척 오래 사용하신 거군요."

"그럼요. 이 방송이 20년이 넘었으니까요."

민호는 저 헤드폰에 숨겨진 힘은 무엇일지 무척 궁금해졌다.

PM 07:59.

라디오 부스의 유리 너머로 안 PD의 손가락이 올라갔다.

"선생님. 1분 전입니다."

배철환은 이 말에 차분하게 원고를 정리해 앞에 올려놓았다. 그리고 목에 걸려 있던 반짝이 헤드폰을 착용했다. 잠시 후 시작될 멘트가 쓰여 있는 원고 최상단에는 '1부 금요일에 만나요'라는 코너 제목이 자리해 있었다.

5, 4, 3, 2…….

안 PD가 큐 사인을 보냈다.

활기찬 음악이 수초 간 흘렀다. 배철환은 볼륨을 줄이고 마이크에 입을 가까이 가져갔다.

"평소 유머감각이 부족하다는 자각증세에 시달리던 사람이 힘들게 유머의 공식을 배우고 익혔습니다. '역시 유머의 세계에도 반전이 생명이었어. 반드시 웃기는 패턴이 있다고' 얼음공주, 얼음왕자들을 모아놓고 그동안 공부한 것을 신 나게 뽐냅니다. '자, 내가 예를 하나 들어볼게'"

음악이 다시 흐른 뒤 배철환은 리듬감 있게 오프닝 멘트를 이어 나갔다.

"'갓 결혼한 남자가 친구들이 모인 자리에서 힘든 고백을 하는 거야. 그깟 결혼으로 자신의 세계관이 이렇게 달라질 줄 몰랐다는 거지.' '그래서 뭐가 달라졌다는 건데?' '결혼 전에는 온 세상의 여자가 다 좋았거든. 그런데 지금은…… 하아' 세상이 무너지기라도 한 양 깊은 한숨을 쉬면서 새신랑이 하는 말. '좋아하는 여자가 한 사람 줄었어'"

민호는 쿡 하고 웃었으나 진규는 자신의 대사를 준비하느라 정신이 없었다.

"모태 얼음공주, 얼음왕자의 멀뚱한 얼굴이 눈에 선합니다. '에이 뭐야 뭐가 웃긴다는 거야? 왜 웃어야 하는 건데?'"

약간의 쉼을 준 배철환이 말했다.

"웃음도 준비되어 있는 사람을 먼저 찾아갑니다. 실컷 웃기 위해서는 마음의 빗장부터 먼저 열어놔야 합니다. 음악여행 1부. 금요일에 만나요. 오늘은 아주 잘생긴 청년 둘을 모셔놓고 여러분의 빗장을 풀어드리겠습니다. 첫 곡 들으시죠."

점잖은 목소리로 멘트를 끝낸 배철환은 PD의 신호에 맞춰 직접 음악 CD를 넣고 오디오 볼륨을 조정했다.

[3분 35초 곡입니다.]

모니터에 문자가 표시됐다.

민호는 일사천리로 진행되는 오프닝을 구경하다 배철환이 걸고 있는 반짝이 헤드폰을 바라봤다.

"저, 선생님."

"응?"

"그 헤드폰 아끼시는 물건입니까?"

배철환은 빙그레 웃으며 말했다.

"젊은 날의 추억이지. 우습게 생겼지?"

"저는 오히려 친근해요. 게임리그 초기에는 이거랑 똑같은 것 쓰고 경기석에 앉았거든요."

"설마."

"진짜입니다."

민호는 분위기도 괜찮겠다 한 번만 착용해 봐도 되겠느냐고 물으려 했다.

그러나 먹이를 노리는 매처럼 눈을 빛내고 있던 진큐가 둘 사이의 훈훈한 분위기를 용납지 않았다.

"선배님. 항공대학 나오셨다면서요?"

"그랬지. 그곳 대학 밴드 하다가 데뷔했으니까."

냉큼 치고 들어온 까닭에 자연스러운 타이밍을 놓치고 말았다.

민호는 고개를 흔들며 다음번 기회를 모색했다. 모니터의 타이머에 적혀 있는 숫자가 30초도 안 남았기 때문이다.

안 PD가 곧바로 큐 사인을 보냈다.

배철환이 오디오의 볼륨을 올렸다.

"예고 드렸다시피 오늘은 스마트한 방송인 두 사람이 함께 합니다. 한 분은 정곡을 찌르는 비판적인 가사를 쓰기로 유명한 래퍼인데요. 자, 직접 소개해 주시죠."

"안녕하세요, 얼마 전에 '밉든지 좋든지'로 음원차트 1위에 오른 래퍼 진큐입니다. 이렇게 전통의 프로에 출연하게 돼서 영광입니다. 대선배님 앞이라 무척 들뜨네요."

"참 예의 바른 친구군요. 전혀 긴장 안 했는데도 긴장한 척. 센스 있어요."

"아닙니다, 선배님!"

민호는 전의를 다지던 아까와는 전혀 다른 가식적인 표정을 짓고 있는 진규를 보며 내심 코웃음이 나왔으나 잠자코 있었다.

"다른 한 분은 얼마 전 타 방송국의 퀴즈쇼에서 자그마치 5억의 상금을 거머쥔 분입니다. 소개해 주시죠."

민호는 탁자 밑으로 회중시계를 손에 쥐었다. 그리고 앞으로 1분간 모니터에 올라올 청취자의 문자 반응을 둘러보았다.

[프로게이머면 게임만 하는 직업 아닌가요? 편하겠네요. 혹시 게임 폐인?]

무난한 반응들 속에서 적대적인 말을 찾아 기억해 두었다. 그리고 공 매니저와 외운 대본 중의 한 대사를 떠올렸다.

"저는 프로게이머 강민호입니다. 아마도 이 직업 자체가 생소하신 분이 많으실 텐데요. 게임만 해서 먹고산다는 건 생각보다 많은 노력이 필요한 일입니다. 23세만 넘어가도 노장 취급을 받을 정도로 엄청난 반응 속도와 열린 두뇌를 요구하거든요. 하루 16시간씩 훈련만 하다 보면, 이 직업을 정말 좋아하지 않고서는 못 배길 정도가 돼요."

배철환이 민호를 보며 물었다.

"16시간 훈련이라. 민호 씨 나이를 24살로 알고 있는데,

그럼 노장 취급을 받고 있나요?"

"그렇긴 하지만 군 전역 후에도 문제없이 선수 생활하고 있습니다."

모니터에 반응들이 올라오기 시작했다.

민호는 적대적인 반응이 사라졌음을 확인하고 속으로 고개를 끄덕였다. 이 정도만 해도 성과는 있다.

배철환이 그중 하나를 보고 읽어주었다.

"3453님이 '지난주 경기 이기시는 거 봤어요. 노장 파이팅!' 해주셨습니다."

민호는 그 즉시 마이크에 대고 말했다.

"감사합니다, 3453님."

진규는 프로게이머에 대한 얘기 일색인 모니터에 실망감을 감추지 못했다.

민호를 보는 그의 눈이 적개심으로 불타는 사이 심 작가가 유리벽 너머에서 다음 순서 진행해 달라고 신호를 보내왔다.

배철환이 마이크에 입을 댔다.

"저희 작가분이 재미난 코너를 짜오셨습니다. 이름하야, '스마트한 사람이 되는 법'."

배철환은 옆의 두 사람을 한차례 보고 말했다.

"퀴즈쇼 우승한 민호 씨야 박학다식한 걸 아시겠지만, 여기 이 청년. 진규 씨가 수능 만점으로 대학에 입학한 공부벌레였다는 건 모르실 겁니다."

민호는 본격적인 시작이 왔음을 깨달았다.

총 30분의 시간 중에서 인터뷰 5분, 공부법과 관련된 상담 10분, 음악퀴즈대결 10분, 마무리 5분으로 구성되어 있다.

'나머지는 광고와 선곡 된 음악으로 채워져 1부 한 시간이 마무리.'

여기서 공부법은 진규 위주고 음악퀴즈는 자신 위주다.

"광고 듣고 오겠습니다. 그사이 공부와 관련된 어떤 고민이든 상관없으니 게시판과 문자를 활용해 보내 주십시오."

마이크와 연결된 볼륨을 내린 배철환은 머리에 착용한 헤드폰을 벗고 이리저리 살피더니 탁탁 하고 때렸다.

"너무 오래돼서 그런가? 자꾸 먹통이네."

배철환은 어쩔 수 없다는 듯 반짝이 헤드폰을 내리고 원래 비치된 것을 착용했다.

민호는 탁자 위에 놓인 반짝이 헤드폰에 시선이 머물렀다. 가뜩이나 거울이 달려 더욱 광채를 발하는 헤드폰은 어서 착용해 달라고 자꾸만 유혹해 왔다.

"저…… 선생님."

민호는 모니터에 3분의 타이머가 시작되자 마음이 급해져 직접적으로 물었다.

"그 헤드폰 한 번만 껴 봐도 되겠습니까?"

"이거?"

두근두근 거리는 민호와 달리 배철환은 대수롭지 않게 헤드폰을 내밀었다.

"그래, 껴 봐."

"정말요?"

민호는 생각보다 흔쾌히 헤드폰을 건네받게 되자 도리어 놀라고 말았다.

그 모습에 배철환이 픽 웃었고 진규는 '가식 떨기는' 하며 중얼거렸지만, 민호는 개의치 않았다. 온 관심이 헤드폰에 쏠린 것이다.

드디어 반짝이 헤드폰을 손에 쥐고 떨리는 심정으로 귀에 착용했다. 은은하게 어려 있던 빛이 사라지고, 민호는 멈칫했다.

PM 08:20.

-몇 년째 경찰이 되기 위해 시험을 준비하는 수험생입니다. 어렸을 때부터 되고 싶은 경찰의 꿈은 접어지지 않았고, 운동도 좋아하고 나가서 활동하는 것도 좋아하는 적극적인 성격인데, 필기시험이 발목을 잡고 있습니다.

틀어박혀 공부만 하다 보니 처음 시작했던 열정이 점점 조급함으로 바뀌어 가고, 소심해지고, 체력도 바닥나고. 나이는 먹어가서 벌써 스물아홉.

스트레스를 받다 보니 TV에 의존하게 됐습니다. 드라마나 오락프로그램을 하나씩 보다 보니 기상시간은 점점 늦어지고, 게을러지고, 공부시간은 줄고. 이런 제가 그저 밉습니다.

온갖 세상관심을 전부 접어두고 노력하는 게 쉽지가 않네요. 무슨 소리를 하셔도 포기할 생각은 없습니다. 두 분 다 똑똑하신 분이니까 저를 좀 도와주세요.

"공부 때문에 스트레스가 많으신 분이군요. 공부. 어렵지 않습니다."

진규는 첫 사연을 듣자마자 마치 심리학 박사라도 된 것처럼 여유가 흘러넘치는 표정이 됐다. 그에 반해 민호는 반짝이는 헤드폰을 끼고 멍한 표정으로 앉아 있었는데, 도무지 상담을 해 줄 만한 정신이 없어 보였다.

"저는 기본서와 기출문제 딱 두 개만 봤습니다. 너무 많은 걸 보면 오히려 지쳐요. 필기시험에 발목이 잡히시는 건 결국 공부할 때 집중하지 못해서거든요. 강사들이 내는 객관식 문제집, 모의고사, 인터넷 강의. 봐야 할 건 많아도 공부에서 결국 중요한 건 하나입니다."

자랑스럽게 그가 말을 매듭지었다.

"효율적인 과정으로 공부하다 보면 좌절할 일이 줄어들고, 결국 스트레스도 감소됩니다."

배철환은 진규의 말에 잠깐 탐탁지 않은 표정을 지었으나 이내 표정을 관리하고 마이크에 입을 댔다.

"이상 진규 씨의 공부 방법이었습니다."

잠시 여유를 둔 배철환이 민호를 바라봤다.

"민호 씨도 덧붙이실 말 있나요?"

"아, 저는……."

민호는 배철환과 눈이 마주쳤다.

헤드폰을 만지작거리다 주위의 풍경에 시선이 머물렀다.

마치, 20년 차 DJ가 되어 이 자리에 앉아 있는 것만 같은 느낌에 내심 놀라는 중이었다.

익숙한 의자. 익숙한 마이크. 익숙한 사연.

같은 공간에 앉아 있음에도 이렇게 큰 시야의 차이가 있었다니. 민호는 방금 들은 사연을 떠올리고 무척 안정된 톤으로 말했다.

"이분에게 공부법을 알려주기 이전에 다른 질문부터 해봐야 하지 않을까요?"

"생각이 다르신가 봐요?"

배철환의 물음에 밖에서 지켜보고 있던 심 작가와 안 PD가 흥미진진한 표정이 됐다. 진규는 흥하고 콧방귀를 꼈다. 고작 고졸 주제에 무슨 공부법을 논하냐는 듯한 비웃음이 이어졌다.

"정말 경찰이 되고 싶은 건지. 그것부터 확인해 보셔야 한다고 생각해요."

"이봐요. 어릴 적부터 꿈꿔 온 직업이라잖아요."

진규가 말도 안 되는 소리 말라는 표정을 지었다.

민호는 부드럽게 웃었다. 아까만 해도 그냥 이기적이고 날카로운 사람 정도라 생각했건만, 지금 진규의 모습은 조금이라도 뜨기 위해 사력을 다하고 있는 신인 그 자체였다. 그저 귀여울 따름.

"진규 씨 말이 맞아요. 그렇기 때문에 생각해 봐야 한다고 봅니다."

민호는 여유를 가진 채 말했다.

"스트레스를 풀기 위해 TV를 보는 걸, 스스로 밉다고 말하셨죠? 혹시, 남에게 보이는 시선 때문에 공부에 집착하고 계신 건 아닌지 궁금합니다."

배철환이 공감한다는 듯 고개를 끄덕였다.

민호는 헤드폰을 살짝 만지작거리며 말을 이었다.

"무슨 소리를 하셔도 포기할 생각이 없다. 저는 이렇게 생각하시면서 도와 달라고 말씀하시는 것부터 잘못됐다고 봐요. 이미 마음 한구석에선 어느 정도 인정하고 있는 것뿐인데 억지로 저항하고 계신 거죠. TV 보는 게 뭐가 나쁩니까? 좋아하는 걸 즐긴 것뿐인데 그것에 죄책감을 느낄 이유가 없습니다."

수많은 사연을 읽어오고 얘기해 준 DJ의 통찰.

민호는 이 사연 속의 남자가 어떤 식으로 생각하고 있을지가 눈에 선하게 그려지는 것을 느꼈다.

"혹시 내가 경찰이 되는 걸 기대하고 있는 사람이 있는 건 아닌가? 경찰이 되지 않으면 정말 큰일이라도 나는 건가? 저는 고민의 전제부터 바뀌어야 한다고 생각합니다."

사연을 올린 당사자가 문자 하나를 보내온 것을 심 작가가 곧바로 모니터에 올렸다.

배철환이 그것을 읽었다.

"근본적인 고민을 하게 만드시네요. 열심히 안 해서 그런 것이라고 저를 너무 몰아붙였나 봐요. 눈이 뜨였습니다. 강민호 씨 덕분에."

민호는 마이크에 말했다.

"경찰이 되겠다고 확실하게 결정 나시면 꼭 진규 씨의 공부법을 따라 보세요."

라이벌까지 챙기는 여유에 진규는 순간적으로 말문이 막혀 버렸다.

[호응도 좋음. 문자 건수 1만 개 돌파!]

배철환이 안 PD의 신호를 받고 정리멘트를 시작했다.

"오랜만에 음악여행 게시판이 붐비는군요. 광고 듣고 사연 계속 받겠습니다."

PM 08:40.

–1집에 수록된 'The Sound Of Silence'를 리메이크한 것이 좋은 성적을 거두자, 아예 'The Sound Of Silence'라는 이름으로 2집을 발표한다. 톰과 제리라는 듀오로 활동했던 이들

은…….

"저 압니다! 그거 알아요!"

진큐가 보기가 나오기도 전에 호들갑스럽게 손을 들었다.

배철환은 진정하라는 듯 웃으며 말했다.

"진큐 씨, 말씀해 보세요."

"사이먼 앤 가펑클입니다!"

"정답입니다. 사이먼 앤 가펑클의 더 사운드 오브 사일런스. 그럼 노래부터 듣고 오시죠."

노래가 흘러나가는 사이 진큐는 의기양양 민호를 바라봤다. 아무리 퀴즈를 잘 풀어도 음악적 지식만큼은 안 꿀린다는 자신을 보였다.

'자식, 열심히 하네.'

민호는 속으로 박수를 쳐주었다.

지금은 퀴즈가 중요한 게 아니었다. 스피커에서 흘러나오는 이 팝송 그 자체가 마음을 끌었다.

67년도 영화 '졸업'의 한 장면이 머릿속에 스치며 모르는 가사 임에도 어떤 감성을 갖고 있는지 머릿속에 그대로 전해졌다. 신부의 손을 붙잡고 식장을 박차고 뛰어가는 더스틴 호프만의 모습 위에 감미로운 기타, 화음이 겹치는 황홀한 한때를 만끽했다.

눈을 뜬 민호는 음악을 즐기고 있는 자신의 모습을 허허하며 보고 있던 배철환과 눈이 마주쳤다.

"선생님, 졸업 보셨어요?"

"그럼, 우리 때는 그 영화 안 본 사람이 없었지. 근데 젊은 친구가 그렇게 오래된 영화도 알아?"

"아버지가 좋아하셨거든요."

대충 둘러댄 민호는 반짝이 헤드폰 덕분에 별 감성을 다 느껴본다고 속으로 웃었다.

[5초 전입니다.]

배철환은 마이크에 입을 대고 말했다.

"더 사운드 오브 사일런스. 제목을 잘 모르셨던 분들도 어디서 한번 들어봤다고 생각이 드실 겁니다. 바로 영화 졸업의 OST로 유명한 곡이었죠. 민호 씨도 이 영화 보셨다면서요?"

"아버지가 보시던 걸 조금 기억하는 정도입니다. 졸업에 나온 여배우가 무척 예뻤던 것 같아요."

"동감입니다."

배철환과 민호가 같이 웃었다.

"사이먼 앤 가펑클의 '브리지 오버 트러블 워터'같은 경우에는 번역된 이름인 '험한 세상 다리가 되어'라는 곡으로 많이들 알고 계실 겁니다. 이 곡이 나온 시기에 이 듀오가 해체했는데요. 이때가 69년도였나. 68년도였나……."

가물가물한 기억을 더듬는 배철환을 보던 민호가 말했다.

"4집 내고 해체했으니 1970년입니다."

"아, 맞네요. 70년. 퀴즈쇼 우승자라더니 정말 아는 게 많네요.”

배철환이 고맙다는 눈인사를 보냈다.

진규는 퀴즈를 맞힌 건 자신인데 음악 얘기를 시작하자마자 찌리 취급이 되어버린 이 상황에 어안이 벙벙해졌다.

PM 08:55.

게시판을 살피고 있던 안 PD가 말했다.

“오늘 청취자 반응 폭발인데? 특히 저 친구 물건이야. 우리 배 선생님 쉬는 날 대타를 뛰어도 되겠어.”

“그러게요.”

마무리 멘트를 하고 있는 민호와 진규를 지켜보던 심 작가도 흐뭇한 얼굴로 고개를 끄덕였다.

지이잉.

DJ에게 광고 사인을 준 안 PD는 휴대폰이 울리는 것을 느끼고 손에 쥐었다.

“네, 안경철입니다.”

한동안 휴대폰 건너의 목소리를 듣고 있던 안 PD가 자리에서 벌떡 일어서며 화가 난 표정으로 소리쳤다.

“그만둬? 갑자기 그게 무슨 소리야? 고정 출연 계약은 6개월이잖아?”

그가 언성을 높이자 스튜디오 안의 스태프들이 전부 시선을 돌렸다.

"AT 엔터가 얼마나 잘나가는지는 모르겠는데 이런 식으로 뒤통수 치고 성공한 놈 난 한 번도 본 적 없어! 뭐? 오늘 출연은 하겠다고? 필요 없어!"

안 PD가 씩씩거리는 사이 끝인사를 마친 민호와 진규가 나왔다.

분위기가 흉흉한 것을 이상하게 여긴 두 사람이 안 PD의 눈치를 살폈다.

심 작가가 재빨리 다가와 두 사람에게 인사했다.

"두 분 다 너무 고생 많으셨어요."

"아닙니다."

코너 중반부터 계속 기가 눌린 채로 있던 진규는 씁쓸하게 스튜디오를 걸어 나갔다.

"오늘 재미있었습니다."

민호도 인사를 한 뒤에 밖으로 나갔다.

안 PD는 두 사람이 나가자마자 쥐고 있던 대본을 바닥에 던졌다.

"아우, 열 뻗쳐!"

광고가 길게 들어가기에 물을 마시며 쉬고 있던 배철환이 밖에 시선을 던졌다.

"안 PD. 왜 그래?"

배철환이 마이크에 대고 물어오자 안 PD가 자리에 털썩 앉으며 말했다.

"2부 마지막에 라이브 하던 친구 있지 않습니까? 이번에 AT라는 기획사에 들어갔다고 이제 안 하겠답니다."

"큰 회사 들어갔네. 잘됐어."

"선생님!"

목소리를 높였던 안 PD는 평소와 다를 바 없는 배철환의 모습에 격앙된 심기를 가라앉혔다.

"좋게 생각하게. 잘 크라고 데려온 신인이잖나."

"제가 너무 화가 나서 오지 말라고 했습니다. 오늘 2부 마지막은 노래만 트는 걸로 하죠."

배철환은 잠시 고민하더니 말했다.

"혹시 밖에 이상건이라는 가수 있는지 찾아보게."

PM 08:56.

3번 스튜디오 문 앞에 선 진규는 뒤이어 나온 민호를 보며 끓어오르는 성질을 꾹 내리누르며 말했다.

"다신 보지 맙시다. 또 보면 그쪽 디스가사 무진장 써댈 것 같으니."

민호는 반짝이 헤드폰을 벗은 터라 아까처럼 오냐오냐하는 기분이 들지 않았지만, 그럼에도 진규의 투덜거림에 별다른 짜증이 일지 않았다.

방송도 잘 끝냈고.

"반가웠어요."

민호가 손을 내밀었다. 한동안 째려보던 진규는 한숨을 푹 내쉬고 툭 치는 듯 악수하고 등을 돌려 사라졌다. 민호는 빙긋 웃었다.

'그나저나 공 매니저는 어디 있지?'

끝났다는 연락을 하기 위해 휴대폰을 들어 올린 민호는 로비의 의자에 앉아 있는 한 사람을 보며 눈이 커졌다.

은은한 빛이 어려 있는 기타를 짊어지고 있는 서른 초반의 남자였다.

'기타가 애장품?'

민호는 눈이 돌아갔다.

학창시절 리코더조차 잘 다루지 못한 그로서는 기타를 잘 치는 사람이 매번 부러웠었다. 저건 딱 봐도 연주에 관련된 힘을 숨기고 있을 것이 뻔했다.

"이봐요!"

한달음에 달려가자 상대가 움찔 놀랐다. 키가 커서 덩치가 있어 보이는 것치고는 무척 순진하게 생긴 사내였기에 민호는 에라 모르겠다 물어봤다.

"그 기타 죄송하지만 한 번만 쳐보면 안 될까요?"

"여기서요?"

민호는 완전 기대감에 들뜬 눈망울로 고개를 끄덕였다.

"혹시, 방금 음악여행 방송하신 분 맞나요?"

"아, 맞아요."

"잘 들었습니다. 강민호 씨죠?"

사내가 휴대폰의 실시간 라디오 어플을 가리켜 보였다.

"어휴, 잘 들어주셨다니 고맙습니다."

"자요."

민호가 인사하는데 사내가 순박한 웃음과 함께 기타를 건네주었다. 신난 표정으로 기타를 받아든 민호가 상대의 옆에 털썩 앉았다.

띠리링.

코드를 전혀 모름에도 이것이 A코드임을 알 수 있었다. 조율도 잘되어 있다.

어제 어떻게 해야 할까?

그 물음의 답은 몸이 자연스럽게 알려주었다. 연주할 줄 아는 곡이 없음에도 손가락이 저절로 움직이기 시작한 것이다.

기타에서 흘러나온 것은 귀에 익숙한 반주였다. 수준급의 리듬감 있는 연주가 이어지자 지나가던 이들도 잠시 발걸음을 멈추고 벤치 쪽으로 시선을 던졌다. 사내 역시 놀란 표정으로 민호를 바라봤다.

무아지경 속에서 연주하던 민호는 이것이 아침 방송에서 들었던 인디 가수의 음악이란 것을 깨달았다.

'이름이 뭐였더라?'

"이상건 씨!"

라디오 스튜디오의 복도 쪽에서 걸어 나온 누군가가 소리쳤다. 민호의 연주에 귀를 기울이고 있던 사내가 벌떡 일어섰다.

"저요?"

"이상건 씨?"

"네."

민호는 심 작가의 목소리라는 것을 깨닫고 연주를 멈췄다. 심 작가도 민호를 발견하고 짧게 고개 숙여 인사했다. 그리고 곧장 이상건에게 본론을 꺼냈다.

"음악여행 구성작가입니다. 혹시 40분 정도 있다가 저희 방송에서 라이브 가능하세요?"

"제가요?"

이상건은 떨리는 표정으로 심 작가를 바라봤다.

"배철환 선생님이 찾으시더군요."

"어, 어떻게……."

"광고가 곧 끝나서 저는 먼저 가요. 일단 3번 스튜디오로 좀 와 주세요."

심 작가가 종종걸음으로 스튜디오 쪽으로 사라졌다. 꿈인지 생시인지 구분하지 못하던 이상건이 그제야 진짜라는 걸 깨닫고 스튜디오 쪽을 향해 허리를 90도로 숙였다.

"감사합니다!"

"여기……."

민호는 기타를 이상건에게 돌려주었다. 허겁지겁 받아 든 이상건도 스튜디오 쪽으로 사라졌다.

'무슨 일이지?'

민호는 고개를 갸웃하며 공 매니저에게 연락하기 위해 휴대폰을 들었다.

그 사이 공 매니저로부터 이미 문자가 하나 와 있었다.

[예능 PD랑 미팅 중이라 30분 정도 걸릴 것 같습니다. 로비 근처에 카페 있으니 거기서 좀 기다려 주십시오. 참, 방송 좋았습니다.]

그야말로 공 매니저는 24시간을 72개로 딱딱 쪼개서 말끔하게 쓰는 것 같았다. 허투루 비는 시간이 조금도 없어 보인다.

'하여튼 열심이야.'

민호는 카페에 있을까 하다 오늘 하루 커피를 대량 섭취했다는 것을 깨닫고 방송국 안쪽으로 시선을 돌렸다.

'구경이나 좀 해볼까?'

돌아다니다 스타를 만나면 눈요깃거리도 되니까. 서은하처럼 예쁜 여자스타를 만나면 더 좋고.

PM 09:20.

"이상건 씨 왜 이렇게 떨어?"

"아…… 죄송합니다."

안 PD는 라이브 연습을 하는 이상건을 지켜보며 저건 못 쓰겠다며 속으로 혀를 찼다.

“방송 20분 남았어. 정 안되면 녹음이라도 뜰 테니까 제대로 한번 해 봐.”

이상건은 호흡을 가다듬었다.

배철환 선생님이 특별히 기회를 주셨건만, 자그마치 음악 여행에서 라이브를 하게 되자 너무도 떨려 왔다.

심기일전 다시 연주하며 노래를 시작했다.

목소리는 어느 정도 나왔으나 기타반주는 아직도 엉성했다. 안 PD의 시선 하나하나에 손끝이 마구 떨리는 것이 컸다.

“이걸로 어떻게 방송을 나가? 이상건 씨. 차라리 연주 말고 MR같은 걸로 대체하자. 노래만 해.”

가난한 인디 가수였기에 연주음만 따서 따로 들고 다닐 형편이 되지 않았다. 그러나 없다고 말하면 기회가 날아가 버릴 것만 같았다.

고민하던 이상건은 로비에서 자신의 기타로 연주하던 강민호를 떠올렸다.

“일 분만 기다려 주세요!”

이미 떠났을 가능성이 크지만, 일말의 희망을 안고 3번 스튜디오를 뛰쳐나왔다. 한달음에 로비까지 달려나와 사방을 두리번거렸으나 방송국 관계자 외에는 보이지 않았다.

“아……!”

축 늘어진 채 스튜디오로 돌아오며 이상건은 울컥하고 말았다.

인디 경력이 얼마인데. 기껏 얻은 기회를 발로 차버리다니! 아직도 자신은 제자리다. 못 뜨는 게 당연했다.

"다 망했어……."

이상건은 3번 스튜디오의 문 앞에 서서 고개를 떨궜다. 아니다. 땅은 보지 말라고 하셨지.

그 순간, 고개를 든 이상건은 자신이 뛰어갔던 복도 반대편에서 라디오 스튜디오를 기웃거리고 있는 한 청년을 발견했다.

"강민호 씨!"

10시 라디오에 출연하는 걸그룹 꽁무니를 쫓아갔다가 코앞에서 놓쳐 아쉬워하고 있던 강민호가 고개를 돌렸다.

"응? 저요?"

"네!"

PM 09:45.

심 작가는 기타를 쥐고 멀뚱히 앉아 있는 강민호와 마이크 앞에서 잔뜩 긴장한 채 서 있는 이상건을 번갈아 보며 음악여행 20년 역사 동안 가장 큰 방송사고가 날지도 모르겠다는 생각이 들었다.

"배 선생님. 다시 한 번 생각해 보십시오."

안 PD의 음성에 배철환은 부드럽게 웃으며 말했다.

"이봐 안 PD. 자네나 나나 음악 좋아하잖나. 이 친구들도 똑같아. 그러니 맘 편히 있게나."

띠링.

[어디 계신 겁니까?]

민호는 공 매니저의 문자를 확인하고 짧게 답문을 보냈다.

[음악여행 2부 출연 중.]

[?????]

눈이 커진 공 매니저의 얼굴이 보이는 듯했다. 이상건은 심각하게 반주 한번 해줄 수 있겠냐고 부탁해 왔지만, 민호는 그저 기타를 멋들어지게 연주할 수 있다는 즐거움에 별생각 없이 승낙하고 말았다.

"광고 1분 남았습니다."

안 PD의 음성에 이상건은 더욱 긴장한 표정이 됐다. 그를 지켜보고 있던 배철환이 조용히 일어났다.

"상건이 자네 노래의 가사 중에 말이야."

"네, 선생님."

"꿈을 꾸려는 노력조차 희미해진 서른셋의 청춘. 나는 이 가사가 틀렸다고 보네. 자넨 지금도 꿈을 꾸고 있지 않은가? 자네 노래를 좀 더 많은 사람에게 들려주고 싶은 꿈. 이 장소는 그 꿈을 위한 발판이고."

이상건의 표정에서 긴장한 기색이 조금씩 가라앉기 시작했다. 그것을 지켜보던 민호는 역시 20년 DJ의 내공은 대단하다 여기며 감탄했다. 그러다 탁자 위에 있는 반짝이 헤드폰에 은은한 빛이 어려 있는 것을 발견했다.

'어라?'

지금껏 보아온 애장품은 한 번 만지면 더 이상 빛 같은 건 보이지 않았다.

그랬기에 물건에 숨겨진 힘이 있다는 사실을 인지하고 만지면 그 즉시 사라지는 것이라 생각해 왔었다.

오늘 다시 만진 가위도 그랬고, 이 기타도 그랬다. 그런데 헤드폰이 다시 빛나고 있었다.

'왜일까?'

민호는 호기심에 반짝이 헤드폰을 손에 쥐었다.

"광고 5초 전!"

이상건이 강민호에게 시선을 돌렸다.

"부탁해요, 민호 씨."

민호는 엉겁결에 반짝이 헤드폰을 목에 걸었다. 그리고 이상건의 노래 '꿈꾸는 청춘'의 전주를 준비했다.

따라랑~

같은 코드로 시작했지만, 리듬감이 좀 달랐다. 이상건도 그것을 느끼고 안색이 변했으나 박자는 똑같았기에 침착하게 첫 가사를 입에 담았다.

'이건 뭐지?'

아침에 들었던 것과는 다른 좀 더 따뜻한 느낌의 변주가 이어지자 민호는 반짝이 헤드폰에 생각이 미쳤다. 이것 때문인지 이상건의 원곡이 가진 리드미컬함에 좀 더 풍성한 화음이 가미된 느낌이었다.

이상건은 노래를 부르면서도 이것에 놀라 민호를 바라봤다. 민호는 그저 웃으며 헤드폰과 기타가 어울려 만들어내는 기묘한 현상을 즐기기 시작했다.

부스 안을 메아리치는 노래는 전파가 되어 송출탑을 타고 전국 방방곡곡으로 뻗어 나갔다.

이윽고 라이브가 끝나자 이상건은 눈시울이 붉어진 채로 민호에게 시선을 돌렸다.

"고맙습니다, 민호 씨."

"뭘요."

민호는 반짝이 헤드폰 덕분에 차분한 상태로 미소를 지었다. 이상건은 저 미소가 배철환과 묘하게 닮았다는 생각이 들었다.

모니터를 지켜보고 있던 심 작가는 실시간 검색 1위에 '음악여행 라이브'라는 단어가 떠 있는 것을 보고 까무러칠 듯 놀랐다.

금요일엔 TV 프로그램들이 으레 1위를 하게 마련인데 라디오로 그것을 차지하다니.

“상건아. 왜 울어? 잘해 놓고.”

“아닙니다, 선생님.”

배철환은 머리를 긁적이는 이상건을 흡족한 눈으로 바라봤다. 그리고 연주를 맛깔나게 해준 민호에게 시선을 돌렸다. 보면 볼수록 마음에 드는 친구다.

“자네도 수고 많았네.”

“선생님 덕분입니다.”

“내 덕분?”

반짝이 헤드폰을 목에 걸고 있는 민호를 보며 배철환은 부드러운 미소를 지었다.

[광고 종료 5초 전.]

On-Air에 불이 들어와 배철환이 마이크에 입을 댔다.

“두 청년의 깜짝 라이브에 스튜디오가 아주 훈훈해졌습니다. 듣고 있는 분들도 마찬가지리라 생각됩니다. 제 생각은 그래요. 좋은 라이브란 건 원곡을 얼마나 원곡답게 부르느냐가 아니라 지금 듣는 이를 즐겁게, 혹은 감동에 젖게 만드는 것이라고. 금요일 밤 음악여행마칩니다. 프로듀서 안경철, 작가 심보라. 저는 디스크자키 배철환이었습니다.”

Object : 배철환의 반짝이 헤드폰.

Effect : 20년 차 DJ의 식견과 음악적 감수성을 공유할 수 있다.

Object : 가난한 뮤지션의 통기타.

Effect : 이상건이 작곡한 곡을 원곡자 수준으로 연주할 수 있다.

Cross object : 헤드폰과 통기타의 전문세션 2종 세트.

Effect : 따뜻한 느낌의 편곡이 가미된 반주가 가능해진다.

6.

뮤지션이 아니라 게이머

오랜만에 숙소 침대에서 늘어지게 잠을 잔 민호는 만족스러운 표정으로 일어나 기지개를 켰다가 소스라치게 놀랐다.

"끄앗?!"

왼쪽 손끝이 찌릿찌릿했다.

찡-!

통증이 손가락 마디를 타고 팔꿈치까지 쭉 내려오는 기분이었다.

'분명히 엄청 따가웠는데?'

조심스럽게 손을 내려서 봤는데, 왼손은 티도 없고 탈도 없는 멀쩡한 상태였다.

민호는 이상하다, 생각하면서 슬쩍 손가락을 구부려 보았다.

찌릿!

"흑!"

순식간에 통증이 밀어닥쳤다.

아팠다.

따가워서 절로 인상이 확 찌푸려질 정도였다. 분명히 어제 잠 들을 때까지만 해도 말짱했던 손이 갑자기 왜 이런 걸까?

가만, 그러고 보니 왼손가락이 특히 아플 뿐, 아프고 저린 곳이 여기저기 있었다. 그리고 그 부분들은 어제 신나게 기타 치는 데 쓴 신체 부위들과 똑같았다.

'어제 라디오가 끝나고 나서도 공 매니저가 올 때까지 계속 쳤었지? 아마도?'

한두 곡도 아닌 무려 3곡이나 쳐댔었다. 연주를 한다는 재미에 푹 빠졌고 이상건의 라이브를 바로 옆에서 듣고 있자니 흥이 절로 난 탓이다.

'크~ 라디오로 듣는 거보다 훨씬 좋았어. 그때 이렇게 자세를 잡았…… 끅!'

민호는 어제를 떠올리며 슬쩍 에어 기타를 치는 양손 모양을 취했다. 그리고 눈을 감은 채 손가락을 실제 연주하듯 움직였다가 이내 손가락을 덜덜 떨었다.

어제 썼던 근육을 그대로 쓰려고 해서일까. 신음이 절로 날 만큼 몸이 요동쳤다.

'지, 진짜 아파!'

눈물마저 찔끔할 지경. 민호는 엉거주춤하고 웅크린 채 통증의 쓰나미가 물러가기를 맥없이 기다렸다.

그쯤, 건너편 침대에서 부스스 일어난 가람이 민호를 이상하다는 눈길로 쳐다봤다.

"으응? 방금 소리 지르셨어요?"

"내가? 뭘?"

"이상한 신음도 들었는데……."

그 말에 민호는 정색하고는 말했다.

"악몽이라도 꿨냐?"

"네? 꾼 거 같기도 하고 아닌 거 같기도 하고……."

원래 비몽사몽에는 이것저것이 헷갈리게 마련. 민호는 그런 가람에게 쯧쯧 혀를 차며 둘러댔다.

"밤에 이상한 거 보고 자지 말라고 했잖아."

"에이, 한 편밖에 안 봤어요. 어? 그럼 꿈에 페이트짱이 나온 건가? ……이어서 꿔야지! 형, 저 늦잠 자요~"

무슨 생각을 했는지 가람은 흐뭇한 얼굴로 좀 더 자야겠다며 이불에 들어갔다.

"그, 그래."

민호는 얼결에 대답했다. 그리곤 곤하게 꿈나라로 빠져드는 가람을 보며 휴~하고 안도의 숨을 내쉬었다.

'이래가지고는 키보드도 제대로 못 두드리겠는데?'

자신의 왼손을 바라봤다.

맨살로 쇠줄을 꾹꾹 누르며 코드를 잡은 여파가 이런 식으로 되돌아올 줄이야. 전문 연주가도 아닌데 기타를 만졌을 경우 문제가 발생할 수 있다는 걸 이제야 깨달은 민호였다.

아무래도 적당한 핑계를 대고 오늘은 땡땡이를 쳐야겠다. 뭐, 어제 그 고생을 했으니 며칠은 느긋하게 봐 주지 않을까 싶었다.

"대본은 이제 질린다고."

오죽하면 A4 종이가 미워질 정도였다.

그날 저녁.

하루 종일 후배들 연습하는 것만 구경하다 보니 조금 지겨워졌다. 직접 하는 거면 10시간, 20시간도 시간 가는 줄 모르고 하겠는데 구경만 하니 영 마뜩잖았다.

민호는 방으로 돌아와 휴대폰을 켰다.

훈련 때는 방해받지 않기 위해 항상 꺼 두었기에 문자가 많이 밀려 있었다.

"헐."

대부분 공 매니저의 문자였다.

뭔가 일이 있었던 걸까? 부재중 통화도 3개나 쌓여 있는 것이 좀 불안했다.

'주말에는 쉰다고 그리 말했는데 뭔 일이래?'

민호는 문자를 쭉 훑었다.

[훈련 중이십니까?]

[지금 인터넷 창 좀 열어서 '음악여행 라이브'라고 검색해 보십시오.]

[보셨나요?]

'뭐야? 무슨 일인데 그래?'

게임에만 미친 후배들이랑 있어서 그랬는지 음악 얘기는 종일 한 적이 없었다. 민호 자신도 20년 역사를 자랑하는 음악여행을 제대로 구경한 건 어제 벼락치기 공부 때가 처음이지 않던가.

게다가 이상건의 기타를 써서 그런지 성취감보다는 '자알 놀았심다~' 하는 기분이 더 크기도 했었다.

그랬는데 공 매니저가 검색해 보라는 걸 보면, 반응이 나쁘지는 않았는 것 같았다.

"어디 보자~"

민호는 인터넷을 열어 '음악여행'을 검색해 보았다. 보이는 라디오로 편집된 '이상건&강민호 라이브'의 영상이 주르륵 뜨는 가운데, 가장 큰 동영상 사이트의 조회수를 확인해 보았다.

그런데 숫자가, 상당했다.

'일, 십, 백, 천, 만, 십만……?'

하루에 30만 건의 조회수.

게다가 무서운 기세로 오르는 중이었다. 이것과 관련된 기사도 수십 개가 넘었다.

"상건이 형 이제 빵 떴구나. 고생 많이 했다더니만…… 응?"

민호는 가장 클릭수가 많은 기사의 댓글란을 보고 신음을 삼켜야 했다. 이상건에 대한 칭찬 외에도 자신에 대한 글들이 눈에 띄었기 때문이다.

-앉은 자리에서 저런 편곡으로 연주를 했다고? 강민호 미친 거 아니야?

-울 민호 오빠 퀴즈쇼 우승도 했어요. 프로게이머는 취미로 하시는 거구요. 겜할 때 집중하는 얼굴 완전 귀욤~♡

-제가 잘 아는 형 친구라서 들었습니다. 이분 최소 음악천재랍니다. 2분 11초 구간 들어보면 전조가 기가 막히게 되잖아요?

-그걸 자연스럽게 맞추는 이상건도 대단해. 근데, '보라'라서 표정이 보인 게 미스! 이상건이 깜짝 놀라는데 강민호는 아예 눈 감고 치잖아? 딱 봐도 누가 리드했겠어?

ㄴ어이~ 저거 작사작곡 누가 한 줄 알고나 그러는 거야? 강민호 쟤 소속사 옮겼다더니 인디 하나 누르고 빵 뜨려고 수 쓰는 거라고.

ㄴ모르는 소리 하고 자빠졌네. 넌 짜고 쳐도 저거 못해. 아무나 '어찌합~니까~ 어떻게 할까~요' 부르면 다 김재범처럼인 줄 아냐?

–전 그냥 막귄데 저렇게 치는 게 정말 대단해 보여요. 쉽게 연주한달까?

└근데 이상건 노래 30번 넘게 들었는데 안 질린다? 중독성 있는데?

└이 버전만 그래. 편곡이 살렸어.

엄청난 오해가 일파만파로 퍼지는 중이었다.

너무 황당해서 당황스러울 지경.

민호는 하나하나 다 반박해 줄 수도 있었다.

'편곡은 반짝이 헤드폰. 아니지, 배철환 선생님 능력이라고. 뭐? 프로게이머가 취미? 게다가 내가 음악천재라는 형 친구가 누구냐? 나도 좀 만나보자.'

유언비어 유포를 하다니.

여동생 팬이 있다는 건 이런 면에서 곤란하다. 한데, 댓글을 읽다 보니 민호 스스로도 '내가 정말 기타를 잘 쳤구나' 싶을 정도의 근거 댓글이 추가되고 있었다.

위기감이 엄습했다.

좋아해 주는 거야 감사할 따름이지만, 부풀려질 대로 부풀려진 반응에 민호는 잠시 정신이 혼미해졌다.

"으아…… 난리 났다!"

이러다 누가 '그때 연주한 거 한번 쳐주시면 안 돼요?'라고 부탁이라도 하면 어쩌란 말인가. 모름지기 가짜가 진짜인 척하려다가 사달이 제대로 나게 마련!

발등에 불이 떨어졌다.

민호는 황급히 침대 아래에서 후배 철순이 취미로 배우다 때려치운 먼지 묻은 기타를 뺐다.

혹시 어제 그렇게 능숙하게 연주했으니 실제로 내 실력이 되지는 않았을까? 기대해 본 것.

"후우-! 되라, 제발 되라!"

주문을 외운 민호는 아픈 손가락을 무시하고 자세를 잡아보았다. 어제 쳐보았던 이상건의 곡들.

자, 이제 가만히 멜로디에 몸을 맡기면 연주가 이루어지리라. 어제처럼 현란하고 자유롭게…… 는 개뿔.

"에이씨!"

아무런 일도 일어나지 않았다.

그냥 기타를 붙들고 멀뚱히 있을 따름. 곡은 떠오르지만, 손가락이 저절로 움직이는 기적은 일어나지 않았다.

그래도 약간의 감이 남아 있어 흉내 비슷하게 움직이긴 했으나 일단은 거기까지였다. 밤을 낮 삼아서 부리나케 연습하면 얼추 흉내는 낼 수 있게 되지 않을까, 작게나마 기대를 했다.

'뭐, 이참에 좀 배워볼까?'

마침 이상건과는 무지 친해진 상황이다. 민호는 종종 찾아가 배워볼까 하는 생각이 들었다. 어쨌든 남자가 기타를 좀

칠 줄 알면 멋져 보이니까.

별빛이 쏟아지는 밤, 모닥불 피워놓고 서은하에게 사랑의 세레나데를 해 준다면, 달콤하고 말랑말랑한 입맞춤을 선물로 받을 수도 있을 거 같다.

"헤헷."

그래. 이것도 슬근슬근 배워보는 거다.

띠링~

"아따거."

민호는 찌릿한 손가락 통증에 슬며시 기타를 내려놓았다.

'오늘 말고 안 아플 때부터 해야지.'

그때 공 매니저의 문자가 왔다.

[사장님이 내일 당장 보자고 하십니다.]

'뭐어?'

이 회사는 공휴일이 없는 거 아닐까?

새벽부터 숙소 앞으로 찾아온 공 매니저.

함박웃음을 보이는 그의 오늘 인사는 남달랐다.

"조회수 보셨습니까?"

"아뇨."

자신도 모르는 자신의 음악적 이야기가 하도 많이 나와서 외면했었다. 이건 현실의 강민호랑 인터넷상의 강민호가 동명이인이다 싶을 정도였다.

오빠, 친구, 동생, 아는 애들부터 몰랐던 인맥도 팍팍 늘어났다. 물론 생판 모르는 이들이었다. 숫자만 다 합쳐도 초중고 동창 다 합친 것 이상이니까.

“50만 돌파했습니다.”

“어우, 끔찍하네요.”

민호의 작은 혼잣말에 공 매니저가 되물었다.

“예?”

“노, 놀랍다고요.”

“하하. 대단하십니다. 덕분에 제 어깨에도 힘이 들어갑니다.”

공 매니저가 으쓱해 보였다.

반면, 민호에겐 당혹의 연속일 따름이었다.

일이 매우 커졌다.

이상건의 ‘꿈꾸는 청춘’은 음원차트에서 수직상승 중이었다. 단지 거들었을 뿐인 자신까지 부각된 통에 숙소에서도 난리가 났었다. 가람이 녀석이 자기와 듀엣하자는 통에 등골이 오싹하기까지 했다.

아무튼 그 탓에 오늘, 일요일에도 회사에 강제 출근하고 있지 않던가.

민호는 자랑스럽게 이야기하는 공 매니저의 이야기를 한 귀로 흘리며 골똘히 생각하고 있었다.

'분명히 저거 때문에 부른 걸 텐데. 또 하라면 어쩌지?'

일이 생길 때마다 배철환한테 가서 헤드폰 가져오고 이상건에게 기타를 빌릴 수는 없는 노릇. 그렇다고 재산을 몽땅 털어서 팔라고 한들 이유 없이 애장품을 팔 리가 없었다.

외려 굉장히 기분 나빠 할 게 눈에 선하다. 추억과 애환이 깃든 물건을 돈으로 사려고 한다면서.

결국, 자력 해결만이 최선인 것!

문제는 지금부터 죽자 사자 연습해도 시간이 부족하다는 사실이었다. 지금의 구명지책은 역시 그것뿐이었다.

'떨지 말고, 대사랑 눈빛을 강렬하게!'

대응책을 잽싸게 마련했다. 프로게이머로서의 이미지 트레이닝이 효자 역할을 톡톡히 했다.

용단을 내리는 그의 심사숙고를 알 리 없는 일요일 출근길은 시원하게 뚫려 있었다.

어느덧 도착하고 잠깐 걷다 보니 사장실 앞에 이르렀다.

'에휴.'

사장실 앞에 잠시 멈춰 금요일의 일을 반성.

"얘기 잘 나누십시오. 저는 휴게실에서 기다리겠습니다."

공 매니저의 음성에 민호는 착잡한 표정을 풀고 고개를 끄덕였다. 그리고 문을 두드렸다.

"실례합니다."

문을 열자 소파에 앉아 있던 임소희가 고개를 돌렸다. 그녀는 기분 좋은 눈웃음과 함께 앞자리를 가리켰다.

"어서 와요~"

'내가 이럴 줄 알았어.'

민호는 소파로 다가가다 임소희가 보고 있던 모니터 화면에 시선을 던지고 신음을 삼켰다.

라이브 연주 중인 자신의 모습이 정지화면으로 떠 있었다. 역시나 저래서 자신을 호출한 것이다.

"기대 이상의 성과였어요. 솔직히 말해 음악여행에 나가 이렇게까지 해줄 줄은 몰랐거든요."

임소희는 대견하다는 듯 말을 이었다.

"악기 다루는 수준이 상당한 데 왜 말씀 않으셨어요? 종합 엔터테이너는 어필할 장점이 많을수록 좋아요. 방송 잡기도 용이하다고요."

민호는 내심 심호흡을 하고 오는 내내 고민했던 대로 말했다.

그래, 최대한 태연하게 이 위기를 넘기는 거다.

"취미 삼아 한 거라서요."

"이 정도면 이미 취미가 아니라 뮤지션급이죠."

두 손을 꼭 맞잡은 임소희의 두 눈에서 '$$'를 본 것은 분명히 민호의 환각일 것이다.

"똑똑한 이미지에 음악인의 이미지까지. 인지도만 쌓이면 광고주가 침을 흘릴 만한 강점이 될 거예요."

임소희는 대박이라도 잡은 것처럼 싱글벙글이었다. 그녀는 방송 리스트를 탁자 위에 올려놓으며 말했다.

"젊은 층에 어필하기 좋은 음방 리스트예요. 이번 주부터 적극적으로 출연해서 인지도를 쌓는 걸로 해요."

민호는 타이밍을 쟀다.

이곳에 오는 내내 임소희의 기대감을 무너뜨리지 않는 선에서 어떻게 빠져나갈지를 고민했잖은가.

그 결론은 하나였다.

'잡아떼기.'

눈을 빛내던 민호가 입을 열었다.

"사장님."

"네?"

"저, 프로게이머입니다. 아시죠?"

"그럼요."

민호는 눈에 힘을 꽉 주었다.

자긍심과 충만한 포부. 의지견정한 시선을 그녀에게 보이고자 했다. 이건 장차 어마어마한 쪽팔림을 막기 위한 간절한 몸부림이다.

"음악인 이미지, 저는 이런 식으로 굳어지는 것 싫습니다."

다행하게도 그 눈빛에 임소희가 움찔했다.

"왜 기획사 차원에서 뭔가를 해주는 게 아니라 뒷발에 얻어걸린 걸 이용하려고 하시죠? 저랑 계약할 때 도전을 좋아

한다고 하셨잖아요.”

“그건…….”

“제가 반주를 한 건 그 형 노래가 좋아서였을 뿐이에요. 음악방송을 하더라도 그 형과 하는 것 아니면 절대 안 합니다.”

‘이상건의 기타가 없으면 아무 소용없다고!’

민호는 표정 관리에 힘썼다.

생각에 잠겨 있던 임소희는 이내 고개를 끄덕였다.

“제가 강민호 씨에 대해서 오해를 했었나 봐요. 다양한 장점을 조금씩 노출하는 전략이 나중을 위해서라도 도움이 되는 게 맞아요. 알겠어요. 공 매니저에게 말해 둘 테니 음악방송을 제외한 스케줄을 잡도록 하세요.”

민호는 한숨을 돌리고 사장실을 나왔다.

가벼운 마음으로 나온 민호는 공 매니저에게 기분 좋게 이야기했다.

“음악 방송은 물론, 음악과 관련된 건 전부 안 됩니다.”

“조, 조금도 말입니까?”

“네. 절대로요.”

나중에 기타 연습을 해서 학교 종이 땡땡땡이라도 칠 수 있게 되면 그때 한번 생각해 볼 수도 있겠지.

고로?

지금은 목숨 걸고 사절이다.

그 기색에 한껏 치켜 올라갔던 공 매니저의 어깨에서 힘이 쑥 빠졌다.

"자료를 음악 쪽만 생각해 둬서 섭외 요청이 남은 건 이것뿐입니다."

'뭐든 음악만 하겠어?'

너그럽고 관대한 마음으로 생각한 것도 잠시.

공 매니저로부터 출연 가능한 프로그램 목록을 받아든 민호는 눈이 휘둥그레졌다.

"왜 이런 거만 있죠?"

혐오음식을 복불복으로 시식하는 방송부터 조선시대 분장을 하고 노예처럼 생활하는 것을 찍는 방송까지. 음악적인 소양이 전혀 필요 없는 케이블 방송이 대부분이었다.

"아무래도 음악을 빼면 강민호 씨의 캐릭터가 별반 없는지라……."

독특한 캐릭터 구축을 해두면 그걸 근간으로 시작하기 좋다는 이야기였다.

이는 프로게이머이자 퀴즈쇼 우승이라는 타이틀이 대중의 인기와는 멀다는 증거이기도 했다.

'쩝.'

그렇다고 음악천재도 아니면서 천재 노릇 할 수는 없었다. 민호는 저 방송에 직접 나간다고 상상해 보았다.

'볼 때는 웃겨도 내가 한다고 생각하면 끔찍하지.'

그냥 프로게이머만 하고 말지, 저런 고생을 사서 하면서 뜨고 싶을 만큼 자신은 인기에 목마르지도, 궁핍하지도 않았다.

"다른 거로 하죠."

민호는 고개를 흔들었다. 이후로도 연거푸 거절, 또 거절.

"음! 그러면 이건 어떠십니까?"

까다로운 그의 입맛을 고려하여 공 매니저는 방송사로부터 요청이 온 스케줄을 뒤지다가 하나를 찾았다. 하도 거절하다 보니 민호가 미안할 정도였지만, 역시 한집안의 가장이자 경력 있는 공 매니저는 지치지 않았다.

"공중파인데다 저희 회사 식구가 다수 출연 중인 리얼 버라이어티입니다. 물론 노래할 필요도 없지요."

공 매니저가 '청춘일지'라는 프로그램 기획서를 내밀었다.

"농촌예능입니다. 잘생긴 삼촌 포지션을 맡은 진현우 씨가 아시아 투어로 2주간 자리를 비우게 돼서 급히 대체인원을 찾고 있답니다. 기획사 별로 남자 1명씩 명단을 올리고 있는데 민호 씨라면 무리 없이 통과될 겁니다."

민호는 기획의도를 읽고 멈칫하고 말았다.

-산골 농가에 떨어진 대한민국 최고 걸그룹 소녀들의 귀농 프로젝트.

직감적으로 농촌에서 고생하는 프로그램임을 깨닫고 고개

를 흔들려 했다.

"저는 음악 방송이 아니면 이것밖에 없다고 봅니다. 젊은 층 시청률이 높아 인지도 올리기도 좋거든요."

공 매니저가 확신에 찬 얼굴로 말했다. 그러며 덧붙였다.

"이것마저 고사하시면, 더는 없습니다."

덤덤하게 바라보지만, 민호가 거절한 스케줄들이 한눈에 들어오도록 좌르륵 펼쳐 보이는 그였다. 네가 인간이라면 이쯤에서 하나쯤은 오케이 해야 될 것 아니냐는 무언의 압박.

'끙.'

민호는 자꾸만 거절할 명분이 마땅치 않음을 깨닫고 다른 프로그램들을 살폈다.

"휴우. 알았어요."

"그 말씀은?"

몸 힘든 것은 둘째 치고 정신 줄까지 놓아야 하는 방송 중에서 그나마 이게 제일 나은 느낌이었다.

"네, 해 보죠. 가서 농사 좀 짓다 오면 되는 거죠?"

앞에서 일하는 건 죄다 걸그룹 멤버들이었다. 저 가녀린 팔로 가능한 농사라는 게 힘들어 봤자 얼마나 힘드랴.

"자세한 자료는 금방 가져다 드리겠습니다. 정리해 올 테니 1시간 정도 뒤에 공용 사무실에서 뵙죠."

공 매니저는 의욕을 불태우며 자리에서 일어났다.

그리고 웃으며 말했다.

"라디오 준비하며 저 진짜 놀랐습니다. 민호 씨 능력을 제가 너무 무시한 것 같아서요. 이 방송도 잘하시리라 생각됩니다."

민호는 공 매니저의 칭찬에 순간적으로 할 말을 잃었다.

'그냥 마구 무시하셔도 되는데…….'

떠나려던 공 매니저가 갑자기 생각났다는 듯 말했다.

"펑키라인의 오소라 씨도 이 방송에 출연 중인데 오늘 음방 있다고 일찍부터 나와 있습니다. 한번 만나보세요."

'오소라?'

민호는 쌍꺼풀 없는 눈매에 화장하지 않으면 알아보기 어려운 아이돌의 얼굴을 떠올렸다. 이미 환상이 깨진 터라 딱히 보고 싶은 마음은 없었으나 방송에 대해서 물어보기는 해야 했다.

어찌어찌 오빠 동생으로 정리를 끝내놓은 터라 대화하는 건 어렵지 않으리란 생각이 들었다.

'방송에서 하는 농사가 힘들면 얼마나 힘들겠어? 다 짜고 하는 거지.'

픽션이지 다큐가 어디 있으랴.

FM대로 하는 건 군 생활만으로 족하다. 카메라 돌 때 대충 어떻게 해야 하는지 요령이나 묻고 와야겠다.

❁

"쉬운 거 아니었어?"

대답이 예상과 달랐다.

"쉽긴요. 당장 그만두고 싶은데 참고 있는 사람이 대부분이라구요."

오소라는 무대 의상을 고르다가 열이 받았는지 언성을 높였다. 민호는 오소라의 거침없는 대답에 얼음이 된 상태로 되물었다.

"그 정도야?"

"오는 게스트마다 죽어나죠. 시청률 안 나왔음 무슨 수를 써서라도 그만뒀어요, 저는."

오소라와 같은 그룹의 멤버들도 이구동성으로 말했다.

"소라 언니. 청춘일지 촬영하고 오면 맨날 끙끙 앓아요."

"맞아. 다음 날 움직이지도 못해. 밤에 코도 잘 골아……."

"야!"

발끈한 오소라가 고개를 돌렸다.

풀 메이크업을 끝낸 터라 아이라인이 눈에 확 띌 정도로 살아난 그녀의 얼굴은 살짝 찡그리는 것만으로도 강렬한 효과를 불러일으켰다.

오소라가 민호 쪽으로 척 고개를 돌렸다.

"소문내지 마세요."

"그럼, 그럼."

"이것 좀 입어봐야 하는데 고개 좀 돌려주시겠어요?"

눈앞에서 허벅지 아래가 훤하게 드러나는 짧은 원피스가 흔들렸다. 속옷 저리 가라 할 무대 의상에 민호는 헛기침을 하며 물러섰다.

근데, 가만.

'나가 달라는 것도 아니고 고개만 돌려 달라니?'

안쪽에 핫팬츠를 입고 있긴 했지만 대담하긴 대담하다. 부끄러움을 모르는 게 아니라 프라이드가 있는 것이다. 새삼 아이돌로서의 프로다운 느낌이 물씬 풍겼다.

"오빠 기타 잘 치시던데요."

등을 돌린 민호에게 오소라가 넌지시 말했다.

민호는 어제, 오늘 마주친 사람마다 그 얘기를 해온 통에 이젠 변명하기도 지칠 지경이었으나 재빨리 둘러댔다.

"그냥 취미로 좀 친 거야. 근데 너도 라디오 들었어?"

"라디오야 행사 왔다 갔다 하면서 거의 매일 듣는 편이니까요. 반주가 오빠였다는 말 듣고 좀 놀랐어요. 제 이번 솔로 프로젝트에서 노래 하나 맡기고 싶을 정도로요. 기타 반주 죽이는 게 필요한 노래가 있거든요."

"무슨. 난 그럴 실력 안 돼."

'그런 건 진짜 뮤지션이랑 해라.'

민호는 등 뒤로 손을 흔들어 주었다.

"아무튼 얘기 고마웠어."

"잠깐만요!"

오소라의 부름에 민호는 고개를 돌렸다. 그리고 얼굴이 붉어지고 말았다. 쫙 달라붙는 옷을 빼입은 그녀는 늘씬함을 마음껏 뽐내는 중이었다.

'진짜 변신 소녀구나.'

민호는 그녀가 섹시 카리스마 아이돌로 인기를 끌고 있는 것이 괜한 이유가 아님을 깨달았다.

"프로게이머면 다른 게임도 잘해요?"

민호는 오소라의 물음에 정신을 차리고 대답했다.

"대충은 다 하는 편이지."

"이것 좀 한 판만 해줘 봐요."

오소라가 다짜고짜 자신의 휴대폰을 들이밀었다.

화면에는 '팡랜드'라는 퍼즐게임이 켜져 있었다. 민호는 '이걸 왜 날?'이란 표정으로 그녀를 바라봤다.

"맨날 점수 낮아서 무시당한다고요. 특히 여시같은 효림이. 이게 뭐라고 으스대는지 아주 왕짜증이에요. 음방 순위보다 이거 순위 올리기가 더 힘들어."

민호는 효림이란 말에 요즘 3대장으로 불리는 걸그룹 중 하나인 큐티식스의 정효림을 떠올렸다.

'……이건.'

팡랜드에 추가되어 있는 순위표를 보니 죄다 걸그룹 얼굴이다. 프로게이머를 해오며 지금껏 수많은 이와 게임을 해왔지만, 걸그룹 멤버와 해본 적은 단 한 번도 없었다.

이건 신세계다.

의욕이 용솟음쳤다.

"얼마면 돼?"

"네?"

"점수 얼마면 되냐고."

"효림이만 이겨주세요."

'훗. 소박하기는.'

민호는 한쪽에 자리 잡고 앉았다.

팡랜드.

무작위로 층층이 쌓인 동물인형을 한 칸씩 움직여 짝을 맞추는 모바일 게임.

구조는 단순하나 제한 시간 내에 점수를 뻥튀기할 수 있는 콤보를 쌓는 노하우가 필요하다.

단번에 원리를 파악하고 힘차게 스타트를 눌렀다.

[스테이지 1 시작!]

번개처럼 짝을 맞추며 첫 스테이지를 단숨에 클리어한 민호는 이후 32개의 스테이지를 순식간에 돌파했다.

[획득 점수 : 220,310]

민호는 자신만만한 얼굴로 순위표를 바라봤다.

"어라?"

순위가 오르기는커녕 제자리였다.

민호는 효림의 점수를 확인해 보았다.

[3등. 630,870]

"……."

무려 3배 차이였다.

'이것들이 밥만 먹고 게임만 하나.'

옷을 다 갈아입은 오소라가 다가왔다.

"어떻게 점수 잘 나왔어요?"

민호는 휴대폰을 감추며 말했다.

"기다려 봐. 손을 좀 푸느라 아직 안 됐어."

애들 같은 퍼즐게임 따위로 게이머 명성을 먹칠할 수는 없다.

민호는 심기일전 다시 시도해 보았다.

정신없이 짝을 맞추고 집중해서 콤보를 쌓았다.

[획득 점수 : 302,900]

'다시!'

[획득 점수 : 513,200]

'나는 게이머다. 프로게이머라고오오!!!'

[획득 점수 : 667,800]

가까스로 3위를 탈환했다.

민호는 속으로 안도의 한숨을 쉬며 오소라에게 휴대폰을 돌려줬다.

"자. 됐지?"

"저, 민호 오빠……."

오소라는 왠지 힘들어 보이는 민호를 보며 조심스러운 기색으로 입을 열었다.

"이거 사놓은 아이템 하나도 안 쓰셨네요."

"응? 원래 안 쓰는 거 아니야?"

'점수는 공평하게 내야지' 하고 중얼거리는 민호에게 오소라가 말했다.

"다른 애들은 없어서 못 쓰는걸요? 쓰셨으면 3배는 더 나왔을 텐데."

어쩐지 지나치게 잘하더라.

"……프로는 그런 거 안 쓴다."

민호는 이 말과 함께 의상실에서 조용히 걸어 나왔다.

애써 아무렇지 않은 척, 하지만 주먹을 불끈 쥐고 있는 그의 모습에 오소라는 픕 하고 웃고 말았다.

7.
청춘의 농경일지

꼬불꼬불한 길이 끝없이 이어진 도로 위를 달리는 밴 안.

어제까지 리그 훈련에 매진했던 민호는 오늘은 멀미와 싸워가며 공 매니저가 구해 준 자료를 들여다보는 중이었다.

모든 공부가 그렇지만 처음은 읽을 만했다. 하지만 조금 깊어지면 덜 재밌어지고 나중에는 아예 재미가 없어진다.

팥은 한해살이풀로 소두(小豆), 적소두(赤小豆)라도도 한다. 원산지는 아시아 극동 지역으로서 중국에서는 2000년 전부터 재배가 되었으며, 주로 한국·중국·일본 등에서 재배되는 작물이다.

'그렇구나.'

파종 적기는 6월 중순부터 7월 중순이고, 토심 5㎝의 지온이 14℃ 이상으로 안정될 때 파종 할 수 있으며 다른 콩과 식물처럼 뿌리에 공생하는 뿌리혹박테리아가 질소를 고정해 유기 질소화합물을 만들기 때문에 척박한 땅에서 잘 자란다.

'……대충 땅에 심는단 얘기지?'

파종 시 이랑의 높이에 따라 고휴재배나 평휴재배로 분류할 수 있다. 고휴재배는 배수가 불량한 구릉지나 저습지대에서 2줄 심기나 4줄씩 두둑을 만들어 습해를 방지할 수 있다.

다음으로 이어지는 평휴재배의 설명들을 쭉 읽다 보니 '헐!'이라는 은총의 감탄사가 절로 나왔다.

"이게 뭔 소리야?"

민호는 눈두덩을 꾹꾹 눌렀다.

다시 봐도 한글로 써진 한글 자료가 맞았다. 그런데 꼭 외국말 같았다. 이건 서은하의 정치발전론과는 또 다른 세계였다.

'더군다나 이건 너무 배려심이 없다고.'

공 매니저가 조사해 온 두툼한 자료 모음!

꼼꼼한 그 성격 어디 가겠느냐만, 거의 이전의 대본 묶음 수준이었다.

처음에 쌩쌩할 때는 읽을 만했지만 아래로 내려갈수록 머릿속의 예쁜 팥 모양 대신 '팥'이라는 글자만 빙글빙글 돌았다.

'으으. 메슥거려.'

울렁거림이 심해져 도저히 집중할 수가 없었다. 흙 묻히고 몸 쓰는 게 차라리 그냥 나을 것 같았다.

하지만 민호는 보는 척, 공부하는 척을 멈출 수 없었다. 공 매니저의 말에 반박을 못 한 이유였다.

"음악인은 아니더라도 스마트한 이미지까지 버리는 건 좋지 않다고 봅니다. 바보 같은 캐릭터랑 가끔 허당인 캐릭터는 다르니까요. 실수도 뭔가 있어 보이게 하려면 스마트한 이미지가 필수입니다."

농사는 못 지어도 됐다. 사실 프로게이머한테 그 모습을 몇이나 기대하겠나. 대신 몸으론 웃겨도 머리로는 척척 막힘이 없는 '똑똑이' 이미지가 장기적으로도 좋았다.

그 말에 설득 당했다.

'매니저는 아무나 하는 게 아닌가 봐. 진짜 말 잘해.'

그래서 이번 주에 심을지 모른다는 작물의 연원에서 재배 방법까지 읽고 있는 거였다. 쉽사리 외워지지 않는 게 문제였지만 말이다.

민호는 창밖으로 시선을 돌렸다.

창문을 살짝 열자 차 안과는 다른 상쾌한 바람이 들어왔다.

"경치 좋네."

온통 산과 계곡뿐이었다.

막연히 농촌 어딘가라고 생각했던 청춘일지의 촬영 장소는 강원도 평창에서도 상당히 구석진 곳에 있는 시골 마을이었다. 도시다운 풍경은 사라진 지 오래.

초목만 무성한 밖을 보며 민호가 흥얼거렸다.

"집 떠나와~ 열차 타고~ 훈련소로 가는 날~"

이를 들은 공 매니저가 앞에서 웃었다.

"입대만큼 힘들지는 않습니다."

"글쎄요. 풍경이랑 하는 일이랑 왠지 낯설지가 않아서 말이죠."

"하하. 그러고 보니 아직 전역하신 지 얼마 안 됐었군요. 대민봉사 때 생각하시면 농사일도 잘하실 거 같습니다."

"잘 못 들었지 말입니다?"

어리바리한 신병 흉내를 내자 공 매니저 역시 추억에 잠긴 듯 자신의 군대 이야기를 하기 시작했다.

그는 민호가 산속에 처박힌 오지부대로 배치 받아 눈물을 삼켰던 이야기를 듣고는 모든 어른이 하는 말인 '요즘 군대는 나아졌네요. 저희 때는…….'을 시작으로 이야기보따리를 열어 재꼈다.

민호가 야전삽 하나 들고 나무뿌리가 마구 얽혀 있는 언덕을 까 참호를 파던 때를 이야기해도 공 매니저의 군 시절에는 비할 수가 없었다.

"진짜 지옥이네요."

"지금 군대가 쉽고 만만하다는 건 아닙니다만, 옛날에는 더 거지 같았습니다. 나아진 게 그 모양이니 정말 답답…… 응? 이런, 거의 다 왔군요."

운전 중이던 공 매니저의 말에 흠칫한 민호가 들고 있는 자료들을 보았다.

이거 다 못 봤는데 괜찮으려나?

그런데 공 매니저는 딱히 민호에게 다 읽었는지 아닌지를 확인하지 않았다.

대신 한 점 의심조차 없는 웃음을 백미러로 보이며 말했다.

"다 외우셨겠지만, 혹시 모르니까 가볍게 검토해 보십시오. 참, 소라 씨도 깨워 주시고요."

"네?"

같이 군대 이야기를 막 하다가 저게 웬 자다가 봉창 두드리는 소리일까.

설마 다 보고 심심해서 노래 부른 거로 생각한 건 아니겠지?

'……진짜였냐!'

생각했는데 그게 맞은 것 같았다.

황당해서는 공 매니저를 보고 있자니 그가 백미러로 '무슨 일이라도?' 하는 눈길을 보냈다.

그런 공 매니저에게 민호는 '아직 팔 재배밖에 못 봤습다!'라는 말을 차마 하지 못했다. 대신 속 편하게 생각하기로 했다.

'그래, 스마트한 이미지가 없어도 난 프로게이머니까.'

있으면 좋고 없으면 본전이다.

그리 생각하니 마음이 한결 편해졌다.

거기다 공 매니저에게 시달리다 보니 지루한 게임 훈련이 전혀 지루하지 않을 정도가 됐다.

민호는 옆에서 태평하게 잠을 자고 있는 오소라에게 눈을 돌렸다. 그녀는 출발할 때부터 목 베개를 착용하고 숙면을 취하는 중이었다. 몇 달 촬영했다고 익숙해서인지 이 험한 도로에서도 쿨쿨 잘도 잔다.

"소라 씨. 다 왔어."

"으음……."

오소라의 어깨를 흔들어 봤으나 뒤척일 뿐 일어날 기미가 없었다.

"다 왔다고."

민호는 오소라의 얼굴에 시선이 머물렀다. 단발에 살짝 웨이브를 준 머리와 붉게 도드라진 입술. 출발한 것이 새벽인데 그때 이미 메이크업을 싹 끝내고 있었다.

'역시 화장은 언빌리버블해.'

정말 자연스러웠다. 쌍꺼풀 없는 천연 그대로의 눈을 바로 옆에서 보지 않았다면 오소라랑 오소라 닮은꼴이 있다고 생각했을 테니까.

가만히 있어도 빛을 발하는 서은하와는 다른 매력이었다. 이야말로 메이크업 아티스트와 오소라의 콜라보가 이루어낸 미녀의 탄생이다.

'가만, 근데 어떻게 깨운다?'

괜찮은 방법이 생각났다.

민호는 자료로 시선을 돌린 체 나직이 말했다.

"어떡하지? 침 안 닦으면 화장 다 뭉개질 텐데. 뭐, 청춘일지는 농촌 버라이어티니까 쌩얼 그대로 나와도 괜찮겠……."

"스읍-!"

꿈틀하며 눈을 뜬 오소라가 재빨리 손바닥으로 얼굴을 가렸다. 동작이 매우 민첩했다.

얼굴을 꼼꼼히 매만져 본 그녀가 민호를 째려보며 말했다.

"뭐야? 저 침 안 흘렸거든요?"

"흘릴 뻔했는데 깬 거야."

역시 아이돌 프로답게 외모 관련 지적을 하니 정신이 번쩍 드는 모양이었다.

민호는 오소라의 얼굴을 들여다보고 덧붙였다.

"가만. 속눈썹은 다시 붙여야 할지도……."

"진짜요? 보지 마앗!"

허둥지둥 화장 가방을 여는 오소라를 보며 민호는 피식 웃었다.

"도착입니다."

밴에서 내린 민호는 햇살이 부서지도록 좋은 하늘을 올려다보았다.

시원하게 그늘진 정자, 졸졸 흐르는 물소리가 청량하게 들려오는 개울, 코끝을 스치는 자연 그대로의 상쾌함이 어우러진 삼박자는 말 그대로 환상적이었다.

"'건강 장수마을 율치리'라……."

큼지막한 이정표가 눈에 확 들어왔다.

그리고 그 뒤에 펼쳐진 논밭이 사진 풍경처럼 보였다. 참으로 향토적이고 편안한 모습이지만 볼수록 어깨가 아래로 내려갔다.

괜히 피곤해지는 까닭은 놀러 온 게 아니기 때문이리라. 원래 낭만적으로 폴폴 내리는 하얀 함박눈도 카페에서 볼 때나 예쁘지 삽질할 거 생각하면 쓰레기로 보이지 않던가.

'돌쇠처럼 일하기 딱 좋은 동네구나.'

이틀간의 촬영 일정으로 2주의 방송 분량을 뽑아내는 프로그램 특성상 잠자는 시간 외엔 계속 촬영이라고 들었다.

오소라가 다가와 멍하니 서 있는 민호의 어깨를 탁 쳤다.

"이런 시골 처음 보나 봐요. 딱 첫방 찍을 때 내 표정 같네."

"군대 생각나서 그래."

"……."

"밖에서도 삽질이라니!"

한숨을 푹 내쉬는 민호의 말에 오소라는 슬쩍 딴 곳을 보았다.

다른 곳과는 다른 군대 위문 공연.

그곳의 우렁찬 함성과 표정들이 민호와 겹친 것이다.

"근데 넌 안 졸려?"

"오빠도 적응하셔야 할 거예요. 스케줄은 우리 몸 사정 안 봐주거든요."

민호는 오소라에게 시선을 돌렸다.

차 안에서 속눈썹 점검을 마치고 풀 세팅을 끝낸 그녀는 전의를 불태우지도, 축 늘어지지도 않았다. 단지 일을 하러 가기 위한 준비를 끝마쳤을 뿐이었다.

며칠 전엔 힘들다고 그렇게 한탄했기에 민호는 새삼 그녀를 다시 봤다.

"프로네."

"뭐가요?"

"아니야."

그래, 고작 36시간 아닌가. 더 힘든 2년도 견뎌냈고 말이다. 각오를 다지는 민호에게 운전석의 공 매니저가 차창을 열고 말했다.

"따로 말씀 안 드려도 알아서 잘하시리라 믿습니다. 이번에 인지도 팍팍 올려서 바로 공중파 진출해 봅시다."

"조금은 덜 믿어도 됩니다."

"하하. 오소라 씨도 방송 잘하세요."

인사를 끝낸 공 매니저가 차를 몰아 간이주차장 쪽으로 사라졌다. 오소라는 민호를 보며 웃었다.

"공 매니저님 회사에서도 깐깐하기로 소문났는데 신뢰가 엄청나네요."

"난 싫어. 숙제가 많아지거든."

"하긴, 그건 안 부러웠어요."

오소라는 민호가 보던 자료의 두께를 손가락으로 표시하고는 혀를 내둘렀다.

그리곤 넓은 논밭을 보며 시무룩한 민호의 등을 팡! 때렸다.

"우리도 가죠."

오소라가 먼저 걷기 시작했다.

민호는 그녀를 따라 촬영 장비가 잔뜩 모여 있는 공터 쪽으로 향했다. 이미 많은 스태프가 오가며 준비에 바쁜 탓에 사방에 분주한 기운이 충만했다.

오프닝 촬영지로 예정되어 있는 장소는 허름한 텃밭이었다. 아무것도 없는 맨땅.

이곳이 바로 오늘의 전투장이었다.

"소라 씨, 지난번에는 뭐했어?"

오소라에게서 대답이 없어 고개를 돌린 민호는 한 스태프에게 쪼르르 달려가고 있는 그녀의 뒷모습에 시선이 머물렀다.

"조명감독님~"

"어, 소라 씨. 일찍 왔네."

"오늘도 반사판 화사하게 부탁드려요."

밝게 웃으며 허리를 숙인 오소라는 곧바로 카메라감독을 찾아갔다.

"감독님, 저 오늘은 오른쪽 얼굴이 잘 받거든요. 클로즈업 하실 때 이쪽으로만 땡겨 주세요."

민호는 다시 텃밭으로 돌아온 오소라를 못 말리겠다는 듯한 표정으로 바라봤다. 자나 깨나 화면 빨 잘 받을 고민만 한다.

"반사판? 일하느라 죽을 것 같다면서?"

"아이돌은 흙바닥에서 뒹굴 때도 갖출 건 갖춰야 하거든요."

오소라는 자리에 멈춰 펑키라인의 히트곡 안무 자세를 취했다. 팔짱을 끼고 오른손을 살짝 들어 손끝을 비비는 자세. 허허벌판이 일순간 무대가 된 것만 같은 느낌이 들었다.

"오오."

민호는 박수를 쳐주었다.

모든 아이돌이 오소라 같진 않겠지만, 이 말은 확 와 닿았다. 확실히 TV의 그 어떤 예능에서도 망가진 아이돌의 얼굴을 보긴 어려우니까.

보는 것과 하는 것의 차이가 물씬 느껴졌다. 브라운관 너머의 세상은 나름대로 치열했다.

멀리서 차 한 대가 도착하고 긴 생머리의 여자 하나가 내렸다. 순정만화에서 방금 튀어나온 듯한 청순한 차림이었다.

"효림이네. 으휴."

오소라의 짧은 한숨에 민호가 고개를 돌렸다.

아직 걸그룹 3대장에는 들지 못하는 펑키라인인 터라 정효림을 꺼리는 느낌이 강했다.

정효림을 필두로 차들이 연이어 도착하기 시작했다. 스태프들도 정리가 끝나 가는지 움직임이 줄어들었다.

"오빠도 이 프로 멤버는 다 아시죠?"

"대충은. 청춘일지에 참여하는 걸그룹 멤버 7인. 줄여서 걸세븐, 맞지?"

"네."

민호는 공 매니저 덕분에 사전지식이 빵빵했기에 이들의 이름과 성격을 하나하나 외우고 있었다.

오소라는 도도. 정효림은 천사표로 캐릭터를 구축 중이라고 들었다.

민호는 사전정보가 가장 적었던 한 사람을 떠올리고 물었다.

"MC 보시는 이도진 씨는 어때?"

"그 선배님은 촬영할 때나 아닐 때나 한결같이 툴툴거리세요."

중년 미남배우 이도진.

참고삼아 본 청춘일지 첫방에서 그는 PD에게 걸그룹과 즐거운 여행을 가는 프로라고만 알고 이 프로의 진행을 떠안았었다.

그 여행지가 농촌이고 이곳에서 단순히 농사만 지을 것이라 들었을 때 그의 표정은 정말 세상을 다 잃은 것만 같았다. 같은 남자라서 그 마음 참 공감됐었다.

텃밭으로 모여드는 걸세븐 멤버들.

오소라는 저들에게 들리지 않도록 살짝 귓속말했다.

"방송분량 쌓고 싶으면 긴장 좀 하셔야 할걸요. 여리게 보여도 죄다 여우들이거든요."

정효림이 가장 예쁜 편이긴 하나 나머지도 각자의 개성이 뚜렷했다. 깍쟁이 캐릭터부터 존재감이 없어 고민하는 캐릭터까지.

여 아이돌에 이어 민호의 시선이 훤칠한 미남 배우에 머물렀다. 투어로 자리를 비운 출연자의 대체자로 민호와 함께 섭외된 몸짱 배우. 조각 같은 몸매로 한창 주가를 올리는 그의 이름은 박진석이었다.

'특히 주의 줬었지.'

AT엔터 소속의 배우 박진석에게 시선이 머문 민호는 공 매니저의 당부를 떠올렸다. 겹치는 포지션이기에 한쪽이 주목받으면 다른 한쪽은 방송 오프닝, 클로징에만 얼굴이 나갈 수도 있다.

서류에 나온 박진석의 한 줄 평은 '몸은 좋은데 연기력은 꽝'이었다.

그러니 일하고, 땀 흘리고, 근육을 드러낼 수 있는 이 프로가 어찌 보면 딱이리라.

하지만 헬스장에서 예쁘게 다듬은 근육과 달리 군바리 생활로 익힌 삽질은 일명 노동근(勞動筋)! 박진석보다 더 잘할는지는 장담할 수 없지만, 쉽사리 밀리지는 않을 자신이 있었다.

"걱정 말라고."

김매는 정도야 군대 삽질 경력으로 들이대면 그만이고, 7월 초에 이 지역에서 파종하는 작물에 대해서도 빠삭하게 공부해 왔다.

'기껏 해봤자 팥이나 옥수수 심기겠지.'

자신감을 보이는 민호에게 오소라가 한마디 해줬다.

"어휴, 오빠. 일만 하고 가는 게 아니라고요. 방송이에요, 방송!"

"난 게이머라니까."

"에잇!"

"너희가 투어한다고 잽싸게 도망친 현우 대신해서 온 일꾼들이구나."

방송 촬영 직전, 이도진이 박진석과 민호에게 악수를 건네왔다.

"박진석입니다. 열심히 하겠습니다, 선배님!"

박진석은 같은 계통의 선배라서 그런지 손을 내민 순간부터 허리를 90도로 굽혔다. 이도진은 박진석을 일으키며 웃었다.

"야. 시작부터 힘 빼지마. 너만 힘들어."

이도진이 민호에게 고개를 돌렸다.

"프로게이머 강민호라고 합니다."

"평소에 운동은 좀 했어? 내일까지 버틸 순 있지?"

"버텨야죠."

"오우, 그런 자세 좋아."

민호까지 악수를 끝내자 이도진은 보조개가 어려 있는 미소와 함께 조용히 말했다.

"지옥에 온 걸 환영해. 절대 탈출 못 하니까 일단 정신줄부터 내려놔야 편할 거다."

이도진은 아무렇지 않게 말을 끝마친 후 PD가 서 있는 곳으로 사라졌다.

박진석은 이도진이 가고 나서야 한숨을 돌렸다. 그리고 민호에게 물었다.

"프로게이머라고요?"

"네."

민호의 아래위를 훑은 박진석이 승리의 웃음을 지은 채로 고개를 돌렸다.

씩 웃는 그 표정이 민호의 신경을 거슬렸다.

'이 자식이…….'

민호는 자신의 체격이 나쁜 편이라고 생각해 본 적은 없었다. 하지만 밥 먹고 헬스만 한 것처럼 셔츠 안에서 근육이 꿈틀거리는 박진석 앞에서는 솔직한 말로 꿀리는 게 사실이었다.

'너 펜타스톰은 좀 하냐?'라고 물어볼 수도 없는 노릇이기에 일단은 참아야 했다. 그쯤 조연출이 외쳤다.

"자, 모두 모이세요!"

크레인에 매달린 카메라가 허공에서 아래를 비추고, 텃밭 한쪽에 일렬로 늘어선 십여 개의 카메라가 동시에 앞을 비췄다.

민호는 개인 VJ가 바로 옆에 서서 자신만 찍기 시작하자 약간의 긴장감이 일었다.

확실히 공중파라 그런지 케이블과는 카메라 숫자부터 차원이 달랐다.

메인 카메라 앞에 슬레이트를 든 스태프가 섰다.

"하나, 둘……."

[7월 2일. 12시 02분. 테이크 1-1.]

촬영편집 시점이 적혀 있는 슬레이트가 착! 하는 소리와 함께 닫혔다.

카메라에 녹화를 표시하는 붉은 등이 들어오자 걸그룹 7인과 함께 텃밭에 서 있던 이도진이 등을 돌렸다.

"나 PD. 벌써 시작해? 우리 이제 왔어. 숨 좀 돌리자."

카메라 사이에 앉아 있던 청춘일지의 총괄 PD 나영광이 웃으며 말했다.

"오늘 할 일이 많아서요. 원하시면 천천히 하셔도 돼요."

"천천히?"

"아, 이 말을 빼먹었네요. 천천히 다~ 하고 가시면 돼요. 이번 주 스케줄 없으시다면서요?"

이도진이 인상을 썼다.

"오늘 할 일이 뭔데?"

"그 전에 진현우 씨 대타로 온 사람들부터 소개하셔야죠."

"뭘 또 소개야. 어차피 일만 하다 갈 사람들인데. 얼른 나와. 소개는 나 PD가 자막으로 해줄 거야."

민호와 박진석은 이도진과 눈이 마주쳐 그대로 걸어 나갔다.

단지 일꾼이 늘었을 뿐임에도 이도진 옆에 대기하고 있던 여 아이돌들의 환호가 이어졌다.

이도진은 걸세븐을 진정시키며 말했다.

"너희들 잘생긴 애들 왔다고 일 안 하고 연애질부터 하면 저녁 굶을 줄 알아."

"네에!"

이구동성으로 외치는 걸그룹.

투덜거리지만 할 건 다하는 이도진과 여 아이돌 7명의 자연스러운 농촌라이프를 담은 이 프로는 심야 예능임에도 높은 시청률을 자랑하는 방송이었다.

이도진이 나 PD에게 물었다.

"오늘 뭐 하면 되는데?"

"뒤에 밭 보이시죠?"

"안 보여."

"저 밭을 오늘 하루 여러분의 텃밭으로 가꿀 예정입니다. 뭘 심을지는 여러분이 직접 정하시면 됩니다."

나 PD가 손짓하자 잡품 담당 FD들이 몰려와 그들 앞에 씨를 담은 그릇들을 늘어놓았다.

뒤이어 삽과 곡괭이, 호미, 예초기까지 죽 진열됐다.

"옥수수, 팥, 브로콜리, 강낭콩, 상추, 시금치, 당근입니다. 원하는 거 마음대로 심으세요."

심기만 하면 참 좋겠으나, 텃밭의 상태가 영 아니올시다였다. 이도진은 잡초가 무성한 텃밭에 고개를 돌리고 머리를 부여잡았다.

"일부러 이런 밭 골랐지?"

"그래야 재밌으니까요. 도구는 뭘 쓰셔도 상관없으나 저녁 전까지 심으셔야 합니다. 성공하시면 원하는 저녁 메뉴를

무제한으로 제공해 드리죠."

나 PD의 말에 오소라가 물었다.

"1등급 한우나 송이버섯 같은 것도 돼요?"

"그럼요. 성공만 하세요."

"소라야. 생각해 봐라. 성공할 걸 미션으로 주겠냐?"

이도진이 고개를 흔들자 나 PD가 말했다.

"충분히 가능합니다. 여기 어르신들은 저만한 텃밭 혼자서 다 하세요."

솔깃한 유혹에 걸세븐은 환호했고 이도진은 못 미더운 눈초리로 나 PD를 바라봤다.

미심쩍은 웃음.

분명히 뭔가 있다고 생각하던 그때 나 PD가 말을 이었다.

"이 텃밭 가꾸는 도구들을 이장님께 빌려 왔거든요. 특히 저 예초기는 이장님이 특별히 아끼는 물건이라 빌리기 쉽지 않았어요."

무성한 잡초를 제거하는 데는 필수품이라 할 수 있는 물건. 민호는 나 PD의 말에 예초기를 자세히 살폈으나 빛 같은 건 발견하지 못했다.

나 PD는 잠시 뜸을 들이다가 말했다.

"이장님이 빌려주시면서 이런 말씀을 하셨습니다. 공짜로 줄 테니까 축사일 도와줄 다섯 사람을 보내달라고. 참고로 소 축사입니다."

순간, 분위기가 묘해졌다.

민호는 오소라를 힐끔 보았다. 그녀의 표정은 웃고 있는데 웃는 게 아니었다.

"야, 거긴 다신 안 가기로 했잖아!"

이도진 역시 발끈했다.

"왜 사서 일을 만들어? 그냥 돈 주고 빌려."

"그 돈이 어디서 나오는데요? 전에 말씀드렸다시피 농촌에서 직접 번 돈만 사용하실 수 있습니다. 아직 수확 하나도 못 하셔서 적자고요."

"칫."

이도진이 고개를 휘휘 저었다.

민호는 옆에 있는 오소라의 옆구리를 살짝 찔렀다.

"왜들 그래? 축사가 그렇게 싫어?"

돌아온 것은 한마디였다.

"냄새가 최악이에요."

"화장실 정도?"

"거기보다 냄새가…… 깊어요. 훅 들어오거든요."

"냄새가 훅?"

축사일 쪽은 전혀 사전지식이 없었기에 감이 오지 않는 민호였다.

그러나 걸세븐 모두 꺼리는 기색이 역력했기에 대충의 감은 왔다.

무조건 여기 남는 게 이득이다.

"아우. 반이 빠지면 여기 일도 많아지는 거잖아."

이도진이 투덜거리던 그때였다.

털털털—!

저 멀리서부터 요란스러운 엔진 소리와 함께 촬영 장소로 접근하는 것이 있었다. 그것이 경운기 소리라는 걸 확인한 이도진의 눈이 커졌다.

"이장님 불렀어?"

"일꾼 데려가셔야 하니까요. 픽업 차량까지 같이 타고 오셨네요."

승차감 훌륭한 픽업 차량의 위용에 이도진이 주먹을 들었다.

"너 정말 동생만 아니면 콱."

나 PD가 능글맞게 웃으며 도망칠 자세를 취했다.

경운기가 길을 따라 다가와 텃밭 앞에 멈췄다. 육십 가까이 되어 보이는 노인이 내려서자 이도진이 얼른 다가갔다.

"오셨어요, 어르신."

"그래, 도진아. 오랜만이야."

"이장님! 어서 오세요!"

"어서 오세요!"

걸세븐도 줄줄이 다가가 인사했다.

'어?'

민호는 이장이 타고 온 경운기를 살피다 눈을 비볐다.

경운기 자체에서 은은한 빛이 흐르고 있던 것이다. 멀리서 볼 때는 햇살이 너무 밝아 착각인가 싶었는데 가까이 보니 확연하게 드러났다.

'경운기가 애장품이라고?'

세상에, 저렇게 큰 것도 애장품이 될 수 있다니!

이장은 나 PD를 보며 물었다.

"나 감독. 누구 데려가면 되나?"

"이장님 마음에 드는 일꾼으로 데려가세요."

"흐음."

이장이 한번 쳐다보자 시선을 쉽게 못 마주치는 걸세븐. 민호는 작은 고민 끝에 손을 번쩍 치켜들었다.

"꼭 가고 싶습니다!"

모두가 '아니오' 할 때 '예' 하는 용기를 발휘한 건 아니었다. 민호를 움직인 것은 호기심이었다. 이 기회가 아니면 언제 애장품을, 그것도 경운기를 써보랴.

정말 궁금했다.

'변신은 무리겠지?'

걸세븐 틈에 서 있던 오소라가 미쳤냐는 눈빛으로 민호를 쳐다보고 있었다.

변신로봇의 로망은 여자들이 이해하기 어려웠나 보다.

그리고 경운기에 오르는 순간, 민호는 축사일에 대한 작은 걱정마저 싹 날려 버릴 수 있었다.

털털털—!

민호는 경운기에 연결된 트레일러에 앉아 이장의 손놀림을 살펴보는 중이었다. 논두렁을 주행 중인 이장은 느긋한 여유가 흘러넘치다 못해 콧노래까지 흥얼거렸다.

호기심 가득 이를 보는 민호의 옆에서 푹~ 내쉬는 한숨이 들려왔다.

"왜 사서 고생이에요?"

이장의 흥에 동조해 고개를 끄덕이고 있던 민호가 고개를 돌렸다.

"고생?"

이장에 의해 선택된 네 사람에 중에는 오소라도 포함되어 있었다. 도무지 이해가 안 간다는 듯 바라보는 그녀를 향해 민호가 대수롭지 않다는 듯 말했다.

"축사일이 뭐 힘든가."

오소라는 느긋하게 웃기까지 하는 민호를 보며 '나 첫방 때 같아' 하고 중얼거렸다.

"힘들죠!"

"적응하기 나름이야."

민호는 생각이 달랐다.

이장의 기운이 깃든 경운기에 앉아서인지 축사에서 어떤

일을 하게 될지 빠삭했다.

"소똥 좀 치우고 톱밥 좀 깔고. 땡볕에서 땅 파는 것보다 축사 그늘에서 일하는 게 백 배는 편해. 그 말똥말똥한 소들 눈 얼마나 귀엽냐?"

"귀, 귀여워요?"

민호의 말을 들은 이장이 고개를 돌렸다.

"젊은 친구가 뭘 좀 아네. 텃밭이라 만만하게 보면 큰일 나지."

"그렇죠? 그 밭 보니까 돌부리도 많아서 한참 파야겠던데요?"

"나 감독이 일부러 그런 밭 찾더라고. 근데 밭일 좀 해봤나? 어떻게 그걸 알았데?"

농부의 마음이라고 해야 하나. 이장의 경운기를 타니 그것이 확연하게 느껴졌다. 세월의 연륜이 보이는 인자한 웃음과 눈빛에 이심전심으로 답하는 민호였다.

"그나저나 텃밭에 팥을 심으려면 이랑을 좀 높여야 할 텐데."

"비에 약해서 그렇죠?"

"어? 그렇지."

이장이 놀랐다는 듯 민호를 바라봤다.

오소라를 포함한 걸세븐의 다른 멤버들 역시 한두 번 오가다가 계속 이어지는 대화에 눈만 깜빡이게 되었다.

그녀들도 이장이 이렇게 전문적인 이야기를 하는 사람인 줄 오늘 처음 알았다.

허허 웃고 받아주는 그분과 오늘의 이분은 달랐다.

"자네 바로 농사지어도 되겠어."

"하하. 그런가요? 그런데 이 경운기는 연식과 비교하면 정말 대단하네요."

"아무렴. 그냥 낡은 게 아니야. 내 애환이 고스란히 배어 있어."

"함께 늙어가는 친구이자 가족이네요."

"허허허."

민호는 이장과 한참을 떠들어댔다.

그러다 보니 이 경운기가 무척 오래된 골동품 수준의 기계임을 알게 됐다.

예전에는 국내에 농기계 생산 기술이 없어 죄다 수입을 해서 썼는데 이것도 마찬가지로 4사이클 단기통, 10마력의 독일제 경운기였다.

농사 대충 짓는 법이 없는 율치리 이장의 땀과 정수가 모인 애장기계. 민호는 한번 운전해 보고 싶은 욕구에 조심스럽게 물었다.

"이장 어른. 일 끝나고 이것 좀 운전해 봐도 될까요?"

"경운기도 만질 줄 알아? 할 줄 알면 해 봐."

'딱 이 경운기만요.'

즐겁게 웃는 민호를 보며 오소라는 비슷한 얼굴의 다른 멤버들을 발견했다.

그리고 '저 오빠가 이상한 거야'라고 확정 지었다.

"언니, 이러다 예능이 다큐 되는 거 아니야?"

"나도 몰라."

여자 아이돌들이 어리둥절해하고 의아해하며 고개를 흔드는 모습을 VJ가 카메라에 고스란히 담았다.

"으으, 냄새."

민호는 소 50마리 규모의 축사 앞에서 코를 막은 채 눈살을 찌푸렸다. 이장의 경운기에서 내리자마자 농부의 마인드는 씻은 듯이 사라지고 도시청년의 마인드가 찾아왔다.

'저곳에 들어가면 죽어. 죽을 거라고!'

도시청년은 계속해서 경고를 보내왔다.

"뭐에요? 별거 아니라면서요?"

"냄새가 깊다는 게 바로 이해됐어!"

화장실 냄새가 고추냉이라면 축사는 청양고추였다. 냄새가 감도는 깊이가 실로 달랐다.

"누가 그러는데 적응하기 나름이래요."

"윽!"

오소라가 혀를 쏙 내밀어 약 올리곤 축사 안으로 들어갔다.

오프닝용으로 쫙 빼입었던 복장 대신 몸뻬와 장화를 착용하고 수건으로 머리를 두른 그녀.

전에 한 번 해봤기 때문인지 금방 냄새에 적응한 듯 보였다. VJ가 따라붙으며 그녀를 밀착해서 찍기 시작했다.

"괜찮으세요?"

뒤이어 함께 온 걸세븐의 멤버들이 다가왔다. 민호는 코를 부여잡았던 손을 내리고 고개를 끄덕였다.

"그럼요. 괜찮아요."

"저희 먼저 들어갈게요."

항상 오소라를 좇아다니며 언니만 찾아댄다는 김선화가 축사 안으로 향했다.

뒤이어 깍쟁이로 불리는 윤승지, 앙탈쟁이 막내 구하연이 들어섰다.

오기 전까지 힘들다 어쩐다 리액션이 컸던 그녀들이지만 막상 축사 앞에서는 당당했다.

그래, 힘껏 들이마시고 얼른 당당하게 적응하는 거다.

'남자 체면에 여기서 밀릴 수야 없지.'

방송 분량을 챙기려는 것보다, 여자들보다 쭈뼛쭈뼛 대는 것이 꼴사나운 민호였다.

원래 똑같이 넘어져도 와당탕 넘어지는 게 시원하지 이리 비틀, 저리 비틀거리다 넘어지면 창피하기만 하다.

그는 골이 띵해지는 고향의 향기 속으로 걸어 들어갔다.

'윽!'

중간에 토할 뻔했다.

축사의 일은 대부분 청소 작업이었다.

넓적한 삽으로 소똥을 퍼다가 수레에 담고, 한쪽에 쌓아두는 작업.

이것은 나중에 밭에 뿌릴 거름이 되기에 함부로 버리는 더러운 것이 아니었다.

우사의 칸을 싹 비우고 톱밥을 두툼히 까는 작업을 계속하자 냄새는 더 이상 문제조차 되지 않았다.

"으랏차!"

이장이 자체 개발했다는 발효사료를 잔뜩 가져와 모이통에 넣었다. 물통의 물도 깨끗하게 바꿔놓자 소들도 기분이 좋은지 음메~ 하며 울어댔다.

"후아. 미친 듯이 일만 했네."

민호는 축사 밖으로 나와 굳어진 허리를 폈다. 이마 곳곳에 땀방울이 송골송골 맺혀 있었다. 몸은 노곤한데 일을 끝마쳤다는 보람은 있었다.

"테잎 끊고, 10분 정도 쉬었다 갈게요."

조연출의 말에 VJ가 따라붙지 않는 휴식시간이 주어졌다. 민호는 막 축사에서 나온 오소라에게 물었다.

“여기 씻을 데 없어?”

“저쪽에 괜찮은 데 있어요.”

민호는 오소라를 따라 산 아래에 자리한 냇가로 이동했다. 흐르는 물에 손을 담갔다가 그대로 얼굴에 끼얹었다. 산 쪽에서 내려오는 계곡물인 터라 초여름인데도 서늘했다.

“캬. 좋다.”

약간 깊은 웅덩이에는 물고기가 유유히 물살을 가르는 중이었다. 아무래도 이렇게 얼굴만 씻는 건 감질났다. 이럴 땐 그냥 들어가는 거다.

“실례 좀 할게.”

그대로 몸을 풍덩 담갔다.

“다 튀잖아요!”

옆에서 조심조심 얼굴에 물을 끼얹고 있던 오소라가 벌떡 일어섰다.

민호는 냇물에 둥둥 떠 있는 채 웃었다.

“미안미안. 시원한데 너도 들어와.”

“싫어요.”

“민낯 드러날까 봐 그러는 건 아니지?”

“아니거든요!”

깨끗한 계곡물이 지친 몸을 달래주는 느낌이었다.

민호는 그 상태로 가만히 축사에서의 일을 떠올렸다. 자신은 냄새와 싸우면서 열심히 적응하기 바빴는데 걸세븐은 달랐다.

"다들 열심히 하더라. 축사 안에서 그 힘든데 계속 떠들고. 소 이름 지어주며 꽁트까지 할 줄은 몰랐어."

"그래야 방송에 더 많이 잡히니까요."

오소라는 발만 계곡물에 담근 채로 앉았다.

"그렇게 해도 이 장면 5분 나갈까 말까예요."

민호는 시원한 계곡물에 땀을 말끔히 흘려보낸 뒤에 일어났다. 왠지 분발해야겠다는 마음이 일었다.

"소라 언니! 이장님이 모이래요!"

축사 근처에서 김선화의 목소리가 들려왔다.

이장은 평상 위에 앉아 수박을 잘라놓고 기다리고 있었다. 가장 먼저 다가간 민호는 감사를 표하며 단물이 뚝뚝 떨어지는 수박을 한입 베어 물었다.

달콤함과 시원함이 동시에 찾아오며 한 조각이 순식간에 사라졌다.

"우와, 진짜 맛있네요."

"많이 들어. 덕분에 수고 덜었으니. 고마우이."

이장은 허겁지겁 수박을 먹는 민호를 보며 흐뭇하게 웃었다.

걸세븐의 다른 멤버들까지 평상에 둘러앉자 작은 수박파티가 시작됐다.

"소라 언니."

막내 구하연이 오소라 옆에 앉아 있던 민호를 가리켰다.

"이 오빠 잘 알아? 냇가에도 둘만 가더라."

"야."

오소라가 구하연의 이마를 톡 건드렸다.

"이게 인기 떨어지는 소리 하고 있어. 같은 소속사 오빠일 뿐이야."

아이돌에게 연애는 절대 금지 항목이라 했던가. 민호는 딱히 관심이 있는 건 아니었기에 별생각 없이 수박을 먹는 데 열중했다.

"이렇게 맛있는 수박은 처음이야. 실컷 일해서 그런가?"

"아무래도 그렇죠."

오소라는 흘끔 민호의 눈치를 살피다 구하연과 눈이 마주쳐 헛기침하며 고개를 돌렸다. 그러다 마침 작가 중 하나가 다가오는 것을 보고 얼른 일어나 물었다.

"이 작가님. 저희 이제 뭐해요? 저녁까지 아직 시간 남았잖아요."

"길게 뭔가 하기는 그렇다고 나 PD님이 일단 집으로 이동해 있으래."

"참, 텃밭팀은요?"

"말도 마."

이 작가가 고개를 흔들었다.

"3시간 동안 돌부리만 캐다가 도진 씨가 나 PD님 멱살을 잡을 뻰했어. 사기 쳤다고.”

정확히 그 장면이 그려졌기에 듣고 있던 민호는 피식 웃었다.

툴툴거리면서도 일은 또 열심히 하고 있을 것이다. 그게 이도진이 이 방송을 살리는 매력이니까.

“자, 촬영 재개합니다!”

다시 VJ가 달라붙었다.

민호는 막상 촬영이 시작됐음에도 수박을 끊을 수 없어 마지막 조각까지 섭취하고 나서야 일어섰다.

“집은 아궁이로 불 때는 그곳 말하는 거지?”

민호의 물음에 오소라가 고개를 끄덕였다.

“이장님, 저희 가요!”

“어어, 그래. 수고들 했어.”

구하연의 외침에 평상에 드러누워 부채질하고 있던 이장이 고개를 돌렸다.

민호는 돌아갈 때가 되자 이장의 경운기에 생각이 미쳤다.

“이장님. 돌아갈 때 경운기 운전 좀 해봐도 되나요?”

“그럼. 타는 김에 가서 빌려준 도구도 싣고 와.”

이장은 흔쾌히 수락했다.

‘좋았어!’

“알겠습니다.”

민호는 곧바로 공터에 자리해 있는 경운기로 다가갔다.

"운전할 줄 아세요?"

구하연이 따라붙어 호기심 어린 눈초리를 던져왔다.

19살의 고딩인 그녀는 이 경운기보다 나이가 적었다. 아마도 이런 기계가 있는지도 몰랐을 것이다.

"뭐 하세요? 집에 가야죠."

오소라도 다가왔다. 뒤이어 김선화와 윤승지까지 경운기 근처에 서자 VJ들까지 민호를 주시했다. 축사로 오면서 뜻밖의 모습을 봤었기에 왠지 뭔가 보여줄 것을 기대하는 모습이었다.

한편, 민호는 드디어 기계 애장품을 쓴다는 기쁨에 싸여 있었다. 경운기 시동을 걸기 위해 오른쪽 핸들의 악셀을 살짝 당겨놓고 엔진 쪽에 감압레버를 걸었다. 그리고 힘껏 돌리기 시작했다.

터덩!

엔진 가동음과 함께 실린더에 힘이 전해졌다.

털털털—!

경운기에 가볍게 시동을 걸고 물러선 그를 남은 넷이 놀란 표정으로 보는 사이, 민호의 머릿속에 한 가지 장면이 번뜩였다 사라졌다.

"저, 이장님!"

이장이 고개를 들어 민호를 바라봤다.

"여기 연결하는 쟁기 좀 빌려 주실 수 있나요?"

"창고에 있으니까 쓰고 돌려놓기만 해."

민호는 그 즉시 창고로 달려가 튼튼해 보이는 쟁기를 꺼내 경운기에 실었다.

오소라가 민호를 보며 물었다.

"뭐하려고요?"

"텃밭에 좀 다녀올게."

"나도 갈래!"

구하연이 재빨리 경운기 뒤에 올라탔다.

덩달아 김선화와 윤승지도 올라타자 오소라는 갈등에 빠졌다. 그런 그녀에게 민호가 씩 웃으며 엄지를 추켜올렸다.

"방송 분량 좀 더 뽑아 봐야지."

이 말에 오소라도 올라탔다. 민호는 운전석에 앉아 능숙하게 경운기를 전진시켰다.

텃밭의 현장.

전쟁터에는 쓰러진 전우로 가득했다.

몇 시간 만에 5년은 더 늙은 듯한 모두의 얼굴은 어딘가 먼 곳을 몽롱하게 보고 있었다.

"……3분만 쉬었다 가자."

이도진의 말에 박진석은 삽을 땅에 박고 자리에 주어 앉았다. 이러다 정말 죽는구나 싶었다.

'더는 못해.'

아직 반밖에 까뒤집지 못한 텃밭을 보고 있자니 한숨이 푹푹 나왔다. 불끈거리는 근육도, 지칠 줄 모르던 체력도. 모두 다 부질없었다.

내리쬐는 햇볕은 따갑고, 옆에서 깨작깨작 일을 하다 자꾸만 도움을 청하는 걸세븐의 세 사람도 무서웠다.

어머! 하고 나자빠지는데 남자로서 돕지 않을 수도 없고. 말은 백 번 천 번 고맙다면서 계속 옆에서 떠나려 들질 않았다.

특히 정효림은 그중에 고단수였다. 천사처럼 웃으면서 말도 사근사근 걸어오지만 정작 힘든 일은 죄다 자신 쪽으로 떠넘기고 있었다.

'여긴 지옥이야. 지옥.'

이는 박진석만의 생각이 아니었다.

다들 정도는 다를지언정 모두가 허덕이고 있었다.

그때, 멀리서 털털대며 경운기 한 대가 다가왔다.

물을 마시고 있던 이도진이 나 PD에게 말했다.

"축사팀 왔나 본데? 쯧쯧. 걔네도 고생 많았을 거야."

"여기만 하겠어요."

"……너 목말랐지?"

나 PD의 깐죽에 이도진이 손에 쥔 물을 냅다 뿌렸다.

경운기 뒤에 타고 있던 구하연이 번쩍 손을 치켜들었다.

"저희 왔어요!"

"어? 이장님이 아니야?"

일어나기도 힘들어서 앉은 채 보던 이들이 벌떡 일어섰다. 다시 봐도 경운기의 운전자가 이장이 아닌 강민호가 분명했다.

'아니, 왜 재가 운전을 하고 있는 거지?'

말하지 않아도 표정이 보여주는 똑같은 물음.

민호가 텃밭까지 경운기를 몰고 와 시동을 껐다.

이도진도 놀라서 일어났다.

"민호 너 경운기도 몰 줄 알았냐? 이거 완전 에이슨데."

"아직 남은 선물이 있죠. 이장님이 일 잘했다고 이것도 빌려주셨습니다."

경운기용 쟁기를 꺼내 땅에 탁 내려놓자 기운을 잃고 앉아 있던 정효림과 남은 멤버들의 눈빛이 변했다. 이도진이 쟁기를 보며 물었다.

"이거 달면 이 지긋지긋한 땅 한 번에 갈아엎을 수 있는 거냐?"

"그럼요. 거기다 밭고랑도 편하게 만들 수 있어요. 비료뿌리고 씨앗만 뿌리면 될 정도로 간단히."

"요 귀여운 자식!"

이도진이 민호의 등을 두드리며 좋아했다. 그사이 뒤에서 슬쩍 다가온 나 PD가 말했다.
"잠깐만요. 정해진 도구만 사용해야죠. 이런 식이면 저녁 약속 못 지킵니다."
"노! 말은 똑바로 해야지."
이도진이 잘 걸렸다는 듯 말했다.
"물건 빌리는 대가로 우리 애들 팔아 놓고 이제 와서 무슨 소리? 그리고 이것도 이장님 물건이잖아. 너야말로 한번 정한 규칙 되돌리기냐? 이러면 나 일 안 해. 방송 접어!"
정확한 반박에 이은 최후 일침에 텃밭팀과 축사팀 멤버 모두가 이도진을 연호했다.
나 PD는 작가들과 상의하더니 어쩔 수 없다는 듯 말했다.
"규칙은 규칙이니까요. 어디 한번 해보시죠. 경운기로 밭 가는 게 쉬운 줄 아세요?"
이 말에 이도진이 민호를 바라봤다.
여기서 민호가 어렵다고 하면 또 수작업해야 했다. 아주 지루하고 매우 힘든 시간을 땡볕 아래에서 말이다.
"걱정 마세요."
민호는 손가락 두 개를 들었다.
"이 정도 밭은 한 20분 갈면 끝납니다."
말뿐이 아니었다. 바로 행동으로 보여주겠노라는 듯 민호가 경운기에서 트레일러를 풀고 능숙하게 쟁기를 달았다.
"설마?"

"재 뭐야!"

PD가 부정했다. 작가들 역시 이럴 리 없다며 고개를 흔들었다.

그러나 그들의 표정은 점점 더 어두워졌고 그에 반해 이도진은 세상을 다 얻은 듯 기고만장한 웃음을 흘렸다.

이윽고.

털털털—!

경운기가 텃밭을 지나며 직선을 그리기 시작하자, 잡초만 무성했던 공터가 점차 밭으로 변모하기 시작했다.

"오오! 빨라!"

"나 저기 까뒤집는 데 30분 걸렸는데, 순식간에!"

"오빠 달려!"

"나 PD. 현우 완전히 버리고 재 넣자. 진짜 편해지겠어!"

이도진의 말에 나 PD가 절대로 안 된다는 듯 양손으로 가위 자를 만들었다.

미션을 이렇게 쉽게 끝내면 재미가 없다.

아니, 이도진이 즐거워하기만 하면 방송이 안 산다.

20분 뒤.

자로 잰 듯한 직선 라인 다섯 개가 생겨났다. 가히 예술적인 각도의 밭고랑이었다. 민호는 경운기를 한쪽에 빼둔 뒤에 말했다.

"이 정도면 됐죠?"

"베리 굿!"

이도진이 엄지를 치켜들자 걸세븐도 환호했다.

"뭘 심을지는 정하셨어요?"

"그럴 정신 있었겠어?"

민호가 밭 모양새를 딱 보고는 말했다.

"옥수수가 관리하기 편해요. 심기도 좋고."

"옥수수란다!"

"옥수수! 옥수수!"

이도진의 외침에 걸세븐이 동시에 옥수수를 연호했다. 민호의 활약은 경운기에 그치지 않았다. 지금까지 오합지졸의 팀이었다면 제대로 된 사령탑이 딱 선 듯 서로의 일과 진행이 착착 이루어진 것이다.

박진석은 종일 고생한 보람도 없이 민호를 바라봐야 했다.

한쪽에 있던 작가들이 중얼거렸다.

"이게 웬 봉변이래."

"그러게. 장면은 건졌는데 출혈이……."

나 PD 역시 고개를 푹 숙인 채로 옆의 조연출에게 속삭였다.

"해지기 전에 다 할 거 같지?"

"시간 남겠는데요?"

한숨을 푹 내쉰 나 PD가 말했다.

"읍내에 가서 일단 고기부터 수배해 둬."

이 말을 들은 이도진이 목소리를 높였다.

"나 PD. 1++등급 알지? 나 그냥 1등급은 못 먹는다. 오늘 그냥 배가 터지도록 먹어 줄게."

"송이버섯도요!"

오소라가 냉큼 잇자 나 PD가 양손을 올려 항복 표시를 했다.

"살려주세요. 저희 제작비 많지 않아요."

"그럼 약속을 하지 말든가."

"도진이 형. 제발."

나 PD의 이른 패배 선언에 이도진의 뺨에 자리한 보조개가 한층 더 짙어졌다.

"목살 정도로 할 테니 일찍 취침 어때?"

"저희 방송은요?"

"그거 챙길 사람하고 찍고 싶었으면 애초에 날 데려오지 말았어야지. 어떻게 할 거야 말 거야? 난 손해 볼 거 없어."

나 PD는 고개를 푹 숙였다.

방송이 오늘만 찍고 마는 건 아니니까. 속으로 전의를 불태운 그가 입을 열었다.

"일찍 자게 해드리죠."

그날 저녁 걸세븐의 시골집.

장작불로 달군 솥뚜껑 위에선 기름기 좔좔 흐르는 고기가 익어갔고, 부엌 아궁이에선 구수한 된장국이 보글보글 끓었다. 갓 따온 오이를 새콤하게 무치고, 겨우내 깊게 묻어두었던 항아리에서 시원한 백김치를 꺼내 담자 상다리가 휘어질 정도의 밥상이 차려졌다.

한바탕 축제가 벌어진 집안에서 저녁 메뉴를 진두지휘하던 이도진은 흐뭇한 미소를 지었다. 식사 준비가 거의 끝나자 마당의 평상 위에 삼삼오오 모여 앉았다.

“맛있게 먹어. 아직 하루 남았다. 먹는 게 남는 거야.”

“네에~”

동시에 외치고 밥을 먹기 시작한 걸세븐. 고기 구울 장작을 더 패고 있던 박진석도 자리에 앉아 허겁지겁 숟가락을 들어 올렸다.

경운기를 반납하고 돌아온 민호가 마당에 들어서자 이도진이 손을 흔들었다.

“우리 에이스! 이리와 이리. 형이 목살 맛있게 구워 놨다.”

살갑게 민호를 챙기는 이도진.

그것을 물끄러미 보고 있던 나 PD가 말했다.

“도진이 형, 어째 걸세븐보다 강민호 씨를 더 좋아하는 거 같아요.”

“여기 있다 보니까 다 필요 없더라고. 이런 듬직한 동생이 최고야.”

이도진의 말에 상 구석에서 밥을 먹고 있던 박진석이 움찔했다. 시작할 때만 해도 이렇게 존재감 없는 신세가 되리라곤 생각지도 못한 박진석이었기에 정중앙에 앉은 민호를 그저 부러운 눈으로 바라볼 뿐이었다.

한껏 즐거운 표정의 이도진이 나 PD를 바라봤다.

"우리 나 PD도 같이 먹을래? 이 된장국 진짜 맛있다. 요 앞집 할머니 된장이야."

"그래도 돼요?"

"그럼, 이거 먹고 가서 밭일 좀 해."

Object : 이장님의 독일제 명품 경운기

Effect : 베테랑 농부의 추억과 경험이 깃들어 경운기를 한 몸처럼 다룰 수 있다.

8.
율치리 일일미션

건강 장수마을 율치리의 아침이 밝기 직전이었다.

나 PD는 작가진 중에서 가장 어리고 수수한 미모를 가진 김미영에게 어려운 임무를 맡겼다. 바로 이도진을 먼저 깨워서 미션을 주는 것이었다.

“저…… 안 하면 안 돼요? 도진 씨가 진짜로 화낼 텐데.”

“나는 오죽 하겠어? 잘 알다시피 어제는 전원일기 먹방만 찍었다고. 오늘 제대로 굴리자고 밤새 다들 아이디어 고민했잖아?”

“그건 그렇지만…….”

김 작가는 딱히 대꾸할 말이 없어서 말끝을 흐렸다.

한 번 더 말하면 바로 넘어올 게 빤히 보이자 나 PD는 그녀만 믿는다고 잔뜩 치켜세웠다.

“도진이 형이 김 작가를 제일 귀여워하니까, 한 번은 괜찮을 거야. 그러니까 하자, 응?”

자신밖에 없다는 건 잘 알고 있지만, 꺼려지기는 매한가지였다. 방송을 잘 아는 이도진인지라 선은 지킬 것이다.

그렇지만 연기인 걸 알면서도 불같이 화를 낼 때는 깜짝깜짝 놀랄 만큼 그녀는 새가슴이었다. 게다가 ‘때 되면 일어날 테니 내일 기상에는 카메라 들이대지 좀 마!’라고 한 소리 들은 터라 이 방식으로 깨웠다간 정말로 화를 낼 게 눈에 선했다.

김 작가는 다른 사람들에게 도움을 청하려고 했다.

그러나 헛기침을 하며 모두가 슬쩍슬쩍 시선을 피하는 것만을 볼 수 있었다. 그녀의 차례에서 터지려는 폭탄을 받아주는 이 없었다.

“어휴. 알았어요.”

이도진 일찍 깨우기는 결국 그녀의 몫이었다.

나 PD가 환하게 웃어 보였다.

“가서 잘 설명해 줘. 부탁해.”

폭탄을 잘 돌렸다는 기쁨이 한껏 느껴지는 얄미운 웃음에 그녀는 속으로 살짝 심통이 났다.

“그럼 바로 할게요.”

“역시 김 작가야. 그럼 이 부분부터 찍고…… 응? 혼자 가지 말고 같이 가야지!”

이도진의 담당 VJ를 나 PD가 부르는 그때, 김 작가는 마치 사명감에 불타는 양, 하지만 실제로는 얼른 해결할 속셈으로 냉큼 달려갔다. 그러곤 방문을 연 다음 이도진을 열심히 흔들면서 말했다.

"나 PD님이 오늘 도진 씨는 다른 일을 해야 한대요. 나 PD님이, 얼른 읍내 면사무소에 가야 한다고. 유기농 인증 신청을 도진 씨가 꼭 해야 한다고 나 PD님이 신신당부했어요. 도진 씨를 얼른 깨우라고, 나 PD님이 말이죠."

길지도 않은 메시지인데 계속, 한 단어를 중간마다 반복해서 넣었다. 곤히 자고 있던 이도진의 표정이 주문처럼 계속 들리는 나 PD라는 말에 일그러졌다.

김 작가는 그가 반응을 보여서 말을 할 때까지 앵무새처럼 나 PD라는 이름으로 문장을 바꿔서 연거푸 쏟아냈다.

"알았어, 알았다고. 으으!"

덕분에 뒤늦게 달려온 VJ의 카메라 앞에서 실눈을 뜬 이도진의 첫 대사는 이러했다.

"나 PD 이 새끼 어딨냐?"

방송으로는 '삐-' 처리될 단어와 눈빛에 카메라가 얼른 뒤편을 가리켰다.

이도진은 벌떡 일어나서는 슬리퍼를 신었다.

율치리의 아침이 상쾌하게 밝은 아침 시간.

"촬영 스탠바이."

나 PD는 누군가에게 꽉 당겨져서 살짝 늘어난 옷을 입은 채였다.

그래도 그는 씩 웃고 있었다.

멱살잡이 한 번이면 싸게 먹혔으니까.

이도진은 프로였다. 자다가 막 깼을 때만 아니라면 비방용 사태는 일어나지 않았다.

그야말로 '뛰는 이도진' 위에 '나는 나 PD'인 셈. 무전기를 손에 쥔 나 PD가 하늘을 올려다봤다.

"장면 좋고."

카메라가 장착된 소형 드론이 산등성이부터 풍경을 서서히 훑으며 접근 중이었다. 새벽 내내 짙게 드리웠던 안개가 서서히 걷히며 강원도 시골 풍경 속에 자리한 걸세븐의 숙소가 고스란히 화면에 잡혔다.

다음.

"도진이 형 쪽 비춰 봐."

일찍부터 밖으로 나온 이도진이 바쁘게 차를 타는 모습이 이어졌다. 먼저 씻고 준비를 다 마쳤음에도 짜증스럽게 머리를 북북 긁은 그는 위에서 나는 소형 헬기를 쓱 보고 따라붙은 자신의 VJ에게 말했다.

"두고 보자. 나 PD."

그리고 차를 몰아 마을 밖으로 사라졌다.

이제 오프닝이다.

리더이자 큰 형님을 우선 떠나보내고 남은 병아리들만으로 청춘일지를 찍을 차례였다.

딱!

숙소 뒤편에서 카메라를 진두지휘하고 있던 나 PD는 조연출에게 신호했다.

에에에엥!

확성기를 통해 흘러나오는 요란한 사이렌 소리가 숙소 안에 울려 퍼졌다.

잠시 후.

드르륵–!

벌컥.

문이 열리고는 그에 어울리는 사운드가 작게 울렸다.

“우으으~”

“하아암.”

시골집의 마루 위로 여 아이돌 일곱이 하나둘 모습을 드러냈다. 잠이 덜 깨어 아직도 꿈결을 헤매는 듯한 표정을 한 그녀들은 천연의 얼굴을 그대로 드러내기가 민망했던지 죄다 모자나 수건을 푹 뒤집어쓰고 있었다.

뒷방 문도 벌컥 열리고 부스스한 머리를 한 민호와 박진석이 나왔다.

“잘들 주무셨나요?”

오소라가 하품을 하며 고개를 끄덕이다 민낯을 클로즈업 하는 카메라 때문에 화들짝 놀라 입을 가렸다.

이런 반응은 다른 걸세븐 멤버도 마찬가지였다. 대부분 고개를 돌려 카메라와의 눈싸움을 회피했다.

기지개를 켜던 민호가 옆의 오소라에게 살짝 물었다.

“원래 이렇게 일찍 일어나?”

“아니요. 나 PD님이 어제 복수라도 하려나 봐요. 으, 눈 땡겨.”

민호는 눈을 감다시피 하고 있는 오소라에게 시선이 머물렀다. 제대로 뜨려고 끔벅끔벅 시도는 하는데 눈동자는 도저히 세상 밖으로 모습을 드러낼 생각을 하지 않았다.

“자냐?”

“짜게 먹어서 그래요. 5분만 지나면 괜찮아짐.”

취침 전까진 분명히 카리스마 가득한 아이돌 리더였는데 지금은 그 자리에 눈이 팅팅 분 친근한 여동생이 자리해 있었다.

민호는 오소라가 뒤집어쓴 팬더귀 후드티가 무척 잘 어울린다는 생각이 들어 쿡 하고 웃고 말았다.

“응? 지금 저보고 웃었어요?”

찡그리듯 겨우 눈을 뜬 오소라가 찌릿한 시선을 던졌다.

“아니~ ……푸훕. 아, 쏘리.”

“으휴!”

오소라는 눈을 가리며 민호를 툭 밀쳤다.

지금의 네추럴함도 청춘일지의 콘셉트임을 모르는 건 아니지만, 화면으로 볼 때랑 바로 옆에서 볼 때의 느낌은 확실히 달랐다. 다른 아이돌들 역시 조금이나마 친근하게 느껴지기는 매한가지였다.

"모두 모이셨네요."

나 PD는 걸세븐이 한 자리에 선 것을 확인하고 말했다.

"여러분을 평소 촬영보다 일찍 깨운 건, 오늘 무척 중요한 행사가 있기 때문입니다."

"행사요?"

막내 구하연이 호기심이 가득한 얼굴로 나 PD 쳐다봤다. 바쁠 때는 하루에 서너 개씩도 뛰는 것이기에 이 말은 아이돌에게도 무척 익숙한 단어였다.

"여러분이 율치리에 자리 잡은 지 벌써 3개월이 지났습니다."

'난 하룬데.'

민호는 다들 고개를 끄덕일 때 고개를 갸웃해 보였다. 박진석 역시도 반대편 끝에서 자신처럼 관람하고 경청만 하고 있었다.

"그동안 잘 먹고 잘 지내면서 마을 분들께 도움만 받았지 제대로 인사드린 적이 없으셨죠? 그래서 오늘 제대로 된 보답을 하고자 특집을 마련했습니다. 이름하야 '어르신을 뫼셔라!'"

빠밤~ 하는 배경음악이라도 깔려야 할 분위기였다.

"우우-!"

"잘 먹었어도 잘 지낸 적은 드물어요!"

걸세븐이 야유를 보냈지만 나 PD는 아랑곳하지 않았다.

"여러분은 각자 율치리 어르신 중 한 분을 마을회관으로 모셔와 점심을 대접해야 합니다."

FD가 마을 어르신들의 위치와 간략한 이름이 담긴 지도를 각자에게 나누어 주었다.

"요리재료는 회관에 다양하게 구비해 놓았으니, 어르신들의 입맛을 만족시킬 맛있는 음식은 자유롭게 준비하시면 됩니다. 그리고 이것."

나 PD는 '좋아요'와 '그냥 그래'라는 글자가 적혀 있는 팻말을 꺼내 들었다.

"각자 모셔온 어르신들의 평가가 '좋아요'일 경우는 빠른 퇴근. '그냥 그래'일 때는 해가 질 때까지 율치리의 특산품인 감자를 캐러 가셔야 합니다."

그러며 잘 완수하면 시원한 물놀이가 상품이라고 덧붙였다. 남들 땡볕에서 일할 때 바캉스를 지내는 거다.

걸세븐은 혼란스러워하면서도 큰 걱정은 하지 않았다. 이쯤 해서 끼어들어 툴툴거리다 교통정리를 해줄 믿음직한 사람이 있기 때문이었다.

그런데 두리번거리는 서로만 있을 뿐, 보여야 할 사람이 여전히 부재한 상태였다.

"어? 도진 오빠 어디 갔어?"
"늦잠 주무신 적은 없잖아요."
"그럼 설마?"
주위를 둘러보던 걸세븐은 씨익 웃는 나 PD를 확인하고는 단체 패닉 상태에 빠졌다. 자신의 예상대로의 표정이 딱 나와 주자 나 PD는 회심의 미소를 지었다.
"도진이 형은 읍내 면사무소에 가셨어요. 여러분이 4월에 심은 마늘하고 양파 유기농 인증 신청하셔야 하거든요."
발끈한 오소라가 물었다.
"그걸 왜 지금 해요?"
"면사무소에서 일괄적으로 신청하는 기간이 오늘까지라서요. 안 하면 직접 농림부에 가셔야 합니다."
여기에 방점을 찍었다.
"서류부터 일이 많죠. 쉽게 끝나진 않을 만큼요."
나 PD는 일어나자마자 자신의 멱살을 잡고 분노하던 이도진을 떠올리고 능글맞은 웃음을 지었다.
"단언컨대 도진이 형은 점심 전에 오시긴 힘듭니다."
"아아, 어떡해!"
매번 걸세븐의 식사를 책임져 와 시골음식 만드는 데 도사가 된 이도진을 나 PD가 일부러 보냈다. 모두 그제야 문제의 심각성을 깨달았다.
"나 음식 진짜 못하는데."

"이 동네 어르신들 무척 솔직하셔서 맛없으면 맛없다고 하실 분들이잖아."

민호는 청춘일지 전회 방송을 보았기에 대충의 상황을 짐작했다. 이도진이 아침부터 움직인 데는 이유가 있다. 유기농 인증을 못 받으면 더 싼 가격에 내놔야 하고, 그럼 농사 빚을 까지 못해 일이 훨씬 늘어난다.

남은 건 자력 해결뿐!

"이러고 있을 때가 아니야!"

발등에 불이 떨어지자 가장 먼저 정신을 차린 것은 오소라였다.

"일단 회관에 가서 각자 요리할 메뉴부터 고르자."

"그래요, 언니."

"가요, 가!"

라고 외친 걸세븐은 회관으로 곧장 가긴커녕 죄다 방으로 움직였다. 그리고 저마다 휴대용 화장 가방을 들고 나와 세면 장소로 이동했다.

'헐?'

걸세븐은 모두 메이크업을 하고 있었다. 민호의 눈에는 그 모습이 훈련을 뛰기 위해 얼굴에 위장크림을 바르는 군인처럼 보였다. 미모를 관리한다는 건 참 어려운 일이었다.

"우리도 씻죠."

박진석도 뒷방에서 작은 파우치 하나를 들고 나왔다. 당연히 화장품이 종류별로 들어 있으리라. 실로 남자도 얼굴에 분을 바르는 시대다.

"민호 씨는 준비 안 해요?"

"저는 괜찮아요."

민호는 고개를 휘저으며 홀로 수돗가에 가 신속하게 세면을 끝냈다. 개운하게 씻고 스킨에 로션, 이걸로 끝!

'그나저나 요리는 대체 어쩌지?'

아침 바람에 물기를 말리며 마루에 앉아 있던 민호는 머릿속으로 이런저런 음식들을 떠올렸다가 지웠다. 먹은 적은 있는데 만들어 본 적은 없었다.

요리는 쥐뿔 모르는데다 어르신들의 입맛에 맞는 시골요리를 만들 재주는 더더욱 없었다.

'적당히 아침 미션은 이도진한테 묻어가면 된다고 했었는데…… 어라?'

그때 민호는 별 생각 없이 고개를 돌리다 멈칫하고 말았다.

박진석은 얼굴에 꼼꼼히 크림을 바르며 피부 관리를 하는 중이었다. 그런데 어제 오후부터 내내 시무룩했던 그는 지금 눈을 반짝이고 있었다.

'쟨 왜 표정이 밝아?'

딱 직감적으로 알 수 있었다.

쟤, 뭔가 준비해 왔다.

"가자!"

치장을 끝낸 걸세븐이 다시 카메라 앞에 서서 왁자지껄 소리쳤다. 박진석은 기다렸다는 듯 그녀들 앞으로 나와 말을 꺼냈다.

"제가 주방에서 좀 일을 했었는데……."

말꼬리를 흐렸으나 걸세븐의 시선이 순식간에 박진석에게 돌아갔다.

정효림이 곧바로 물었다.

"진석 씨 요리 잘하세요?"

초롱초롱하고 기대감 가득한 눈빛들이 한 번에 몰렸다. 그는 별것 아니라는 양, 하지만 은근히 자부심을 보이며 대답했다.

"데뷔 전에 겸사겸사 한식 요리사 자격증을 따놨어요. 물어보고 싶은 게 있으면 언제든 물어보세요."

실로 구원투수가 따로 없었다. 딱 필요할 때 내려온 동아줄이었다.

"우와! 한식 전문이라니!"

"진짜죠? 몰래 라면스프 넣는 거 아니죠?"

메이크업을 마친 미녀들의 관심 속에서 박진석은 자신감을 곧바로 회복했다.

"겸사겸사 취미였죠. 저도 몰랐지만 조금은 타고났다는 말도 들었었고요. 하하하!"

대놓고 자랑하는 그에게 걸세븐은 구세주를 만난듯한 표정이 됐다.

"제 요리 좀 도와주세요!"

"저도요! 어떤 재료를 준비할까요? 말씀만 하세요~"

윙크하며 살짝 애교도 보였다. 꼬리를 살랑살랑 흔드는 여우 같은 모습에 알면서도 흐뭇한 웃음이 나는 것은 어쩔 수 없는 남자인 탓이리라.

그래도 오소라는 의리가 있었다.

팔랑팔랑 움직이지 않고 도도하게 자리를 유지한 것이다. 그 결과 나머지는 죄다 박진석 옆으로 몰려들었다. 카메라도 저쪽 풍경과 이쪽의 표정을 비교하면서 잡으려는 의도가 역력하게 드러났다.

'자격증까지 있을 줄이야.'

표정부터 딱 준비한 거 같더니만 과연 그러했다.

"진짜 의외다. 저 근육에 요리사라니."

민호는 오소라 옆에 섰다.

"어? 그거 지금 위험한 멘트였어요, 오빠."

"에이~ 딱 봐도 단백질 보충제랑 미숫가루에 우유 타서 먹는 헬스트레이너 같잖아."

민호는 대꾸하고는 VJ의 카메라에 대고 물었다.

"시청자분들도 그렇게 생각하죠? 샐러드는 무조건 닭가슴살에 달걀은 흰자만. 그렇게 철저하게 몸 관리하는 헬스가이 말입니다. 그런 분이 요리까지라니, 정말 놀랍네요."

고개를 끄덕이면서 하는 멘트에 오소라가 픽 웃었다.

아무튼, 상황은 그녀에겐 좀 별로였다.

방송용으로 요리 몇 개 배워온 줄 알았는데, 국가 자격증이란다.

비전문가들 사이에선 당연히 군계일학!

"느긋할 때가 아니에요. 오빠는 어떻게 할 생각이에요?"

다른 멤버들 사이에서 어찌어찌 용을 쓰는 것보단 여기서 분량을 챙기는 게 좋을 거 같았다.

옆구리를 쿡 찌르는 오소라의 물음에 민호는 과장되게 몸을 틀었다.

"뭘 어째. 도진이 형님한테 묻어가려고 했던 게 박진석 씨로 바뀐 것뿐이잖아."

"아이참! 오빠, 이건 경쟁이에요. 경쟁!"

마지막 말은 크게 들리지 않도록 민호에게 다가와서 강조하는 그녀였다.

움찔한 민호가 살짝 코를 매만졌다.

열심히 협조하는 모습이 나와 줘도 꽤 보기 좋던데, 오소라가 원하는 건 그 이상이었나 보다.

"어제의 에이스 정도론 부족하려나?"

"당연히 부족하죠. 어제는 다음 주 분량, 오늘은 그다음 주 분량일 테니까요. 오늘 편집되면 그다음 주엔 없는 거나 마찬가지라고요."

"쩝."

어찌 됐건 어른들한테 음식을 잘 대접하기만 하면 된다고 생각했던 민호는 아차 싶었다.

이건 시골 내려와서 할머니, 할아버지 도와드리고 돌아가는 명절날 휴가가 아니었다. 마음가짐과 치열함이 아직 그녀와 비교하면 한참 모자랐다.

"오빠, 시골음식 중에 뭐 할 줄 아는 거 있어요?"

"글쎄. 대충 잡채 하는 건 어깨너머로 배운 적 있어. 당면 삶아 채소 넣고 간장 넣고 살살 볶으면 돼."

'맛은요?'라는 오소라의 눈길에 민호는 '간장 더하기 설탕?'이라고 답하며 긁적였다.

"꼭 잘할 거 없이 좌충우돌하는 것도 재밌지 않을까? 요리 초보의 요리 만들기! 같은 거."

"그거 예전에 우리가 다 했었어요."

"……감자를 재밌게 캘 아이디어부터 찾자."

"오빠!"

뭐라도 해봐요! 하는 그녀의 기세에 민호가 살짝 당황했다. 문지르면 나와서 소원을 들어주는 램프의 요정도 아닌데, 얘는 왜 나한테 자꾸 묘책을 내라고 하는 걸까?

게다가 오소라는 누가 보면 친한 오누이 사이로 오해할 만큼 너무 붙어서 추궁하고 있었다.

진짜 별거 안 했는데 굉장히 친해져 있는 기분이었다.

"그럼 이건 어때? 내가 막 열심히 하는 걸 소라가 따끔하게 지적하는 거야. 초보가 초보 가르쳐 주기."

"했었다니까요?"

"난 말 안 듣는 놀부 역할로 할게."

"맛은 포기한 거고요?"

민호는 삑! 하는 버저 음을 흉내 내고는 가위표를 그렸다.

"너 나빠. 욕심 많아."

민호는 차라리 이럴 때일수록 좌충우돌하는 걸세븐에게 붙어 한 컷이라도 더 나오는 것이 나을지도 모르겠다는 생각마저 들었다.

"욕심? 아! 잠깐 기다려 봐요."

갑자기 생각난 아이디어가 있었나 보다.

오소라는 FD가 주고 간 지도를 얼른 꺼내 들었다. 이윽고 마을 어르신들의 위치가 그려진 지도를 꼼꼼히 살펴보더니 손가락을 한 지점에서 멈추었다.

"후훗."

"어? 그 웃음! 혹시 무슨 방법이라도 있어?"

"여기 이 집이요. 윤화정 할머니라고 손맛 좋게 음식하는 분이 사시거든요. 요리 잘하셔서 전에 도진 오빠가 배우기도 했어요. 여기 가서 오빠 잡채를 맛있게 만들 방법을 찾죠. 그걸로 어르신들 대접하면 되니까."

'너나 나나 둘 다 초보라니까?'

민호는 속 생각을 꿀꺽 삼켰다. 묘한 열정으로 눈을 빛내는 그녀한텐 지금 아무런 말도 안 통할 성싶었다.

"폐 끼치는 건 아니야?"

"이 할머니 되게 자상하세요. 같이 잡채로 도전해 봐요."

"아하, 오케이."

처음 제안대로 저쪽이 한식 자격증 요리사로 멋지게 하면, 이쪽에선 풋풋하게 하기로 돌아왔다. 그래도 나중에 원망 들을까 봐 마지막으로 한 번 더 확인하기로 했다.

"소라야. 이거 개인이잖아? 근데 나랑 다녀도 괜찮겠어? 방송 분량 말이야."

오소라는 걸세븐의 다른 멤버들에게 둘러싸여 있는 박진석을 가리켰다.

"저 그림에 하나 추가된다고 방송이 재밌어질 것 같진 않아요."

그리고 말하진 않았지만 '혹시' 하는 기대감도 있었다. 뭔가 묘수를 자꾸만 보여주는 민호와 함께라면, 밑져야 본전. 잘되면 대박이지 않을까, 하는 기대였다.

"가요."

오소라가 먼저 앞장섰다.

잎 무성한 감나무 가지가 담장 너머까지 뻗은 집이었다. 오소라가 농가의 철문을 두드렸다.

"윤화정 할머니 계세요? 할머니~"

한참을 불렀으나 안쪽에서 대답이 없었다.

그녀는 VJ 옆에 서 있던 조연출에게 어찌 된 일이냐는 눈짓을 해 보였다.

지도에 할머니의 이름이 기입되어 있다는 것은 사전 협조를 구했다는 의미.

안 계실 리가 없기에 조연출도 어깨를 으쓱할 뿐이었다.

그쯤.

"어? 웬 할아버님이 나오시는데?"

담장 너머로 안쪽을 살피던 민호의 말에 오소라는 다시 고개를 돌렸다.

끼이익.

마치 불독처럼 양 뺨이 두툼하게 살집이 잡혀 있는 노인이 문을 열었다.

노인은 오소라와 민호를 비롯해 방송 스태프들이 잔뜩 늘어서 있는 것을 보더니 퉁명스럽게 물었다.

"방송국에서 나오셨소?"

"네, 할아버지. 혹시 여기 윤화정 할머니 사시는 곳 맞죠?"

"그런 망할 할망구 난 몰라."

마뜩찮은 표정으로 노인이 딱 말했다.

"일없으면 돌아들 가쇼."

"할아버지. 그러지 마시고 윤화정 할머니 좀 불러 주세요."

오소라가 친근하게 말을 걸며 분위기를 부드럽게 만들기 위해 노력했다.

"거 집에 없다잖아!"

노인이 홱 등을 돌려 집 안으로 들어가려 했다.

민호는 오소라와 눈이 마주쳤다.

이렇게 돌아가 버리면 방송이고 뭐고 쓸 장면이 전혀 없게 된다. 감자를 캐는 건 상관없으나 감자를 캐는 장면만 나가면 망한다는 것에 서로가 공감했다.

"어르신, 잠시만요! 오늘 점심에 시간 있으세요?"

"점심?"

"마을 어르신들 모시고 점심을 대접하려고 하거든요."

"됐어, 그런 거. 난 안 가."

민호는 군대에서 겪어본 퉁명스러운 말투의 부산 출신 선임을 떠올렸다.

목소리가 크고 성격이 불같은 사람은 의외로 사근사근하게 말 붙여오는 것에 면역이 없다. 이 노인도 비슷하리란 생각에 계속해서 말을 붙였다.

"에이, 어르신. 왜요? 할머님과 싸우셔서 그래요?"

"싸우기는! 내가 승질내면 찍소리도 못 해, 그 할망구."

노인은 콧방귀를 꼈다.

민호는 이해한다는 듯 고개를 끄덕이며 물었다. 슬슬 원래 찾아온 목적을 물어봐도 될 성싶다.

"할머니는 어디 멀리 가셨나 보죠?"

"아, 거! 쓸데없는 걸 자꾸 물어."

노인은 그러면서도 응어리진 말을 술술 털어놨다.

"평소에도 아들만 맛있는 거 많이 해 먹이느라 찬밥신센데 오늘도 그려. 아니, 개밥도 데워 주는데 나한테는 맨날 이렇게 찬밥신세라니. 하여간 망할 할망구 같으니라고, 그저 자식새끼만 이뻐하지 말이야. 에잉!"

우락부락하게 생긴 노인의 입에서 의외로 시시콜콜한 사연만 쏟아지자 지켜보고 있던 조연출과 작가들이 웃음을 터뜨렸다.

"그러지 말고, 저희가 어르신 드시고 싶은 거 대접해 드릴게요."

"아, 싫대도!"

"어르신~"

오소라는 불독 같은 노인에게 절정의 친화력으로 달라붙는 민호를 그저 놀란 표정으로 바라봤다. 군 생활하는 남자 대부분이 익히게 되는 선임에게 손을 비벼 병영생활 편하게 하는 수법이라는 건 전혀 모른 채로.

그사이 함께 따라온 작가진 쪽에서 노인에 대한 정보를 확인해 주었다. 윤화정 할머니의 남편으로 황다호라는 이름을 가진 노인이었다. 읍내에서 방앗간을 하는 아들이 있었고 평소 윤화정 할머니의 왕래가 잦다는 정보도 이어졌다.

"커험. 큼. 그럼 말이야."

몇 차례 거절하던 황 노인이 헛기침 이후 조심스레 물었다.

"거기 녹두전은 하나?"

"녹두전이요?"

"안 해?"

잡채 배우러 왔다가 생판 모르는 요리를 더 해야 할 상황에 부닥쳤지만, 기호지세였다. 지를 때는 화끈하게 지르는 거다.

"물론 있죠!"

"그랴?"

황 노인은 쩝쩝 입맛을 다셨다.

"할망구가 엊저녁 잔뜩 해서 전부 가져갔어. 녹두전에 막걸리 한잔 걸치면 죽이는데 말이야."

"저희가 점심에 마련해 드릴게요."

"그러든지."

생각만 해도 기분이 흡족해지는지 황 노인은 이미 막걸리 한 사발 들이켠 술꾼의 표정이 되어 있었다. 입맛을 다시던 황 노인이 민호를 보며 물었다.

"근데 자네들 아침은 먹었는가?"

"아직이요."

일어나서 씻고 이곳에 곧장 왔기에 아직 빈속이었다. 보통은 부리나케 요리하며 중간마다 이 반찬, 저 반찬 집어 먹는 것이 나 PD의 의도였고 말이다.

맛깔나게 먹는데 가장 필요한 준비물은 배고픔이었으니까.

"드루와. 밥들 한 그릇씩 해."

찾아온 이 굶기지 않는 것이 시골인심이라 했던가. 불독노인은 말투만 거칠 뿐 속내는 의외의 자상함이 느껴졌다.

민호가 성큼 뒤따르는데 오소라와 VJ는 '지금 이 판국에 이래도 되나' 하며 머뭇거렸다.

황 노인이 호통을 내질렀다.

"아, 뭐해? 어여 들어와!"

"네? 네!"

풋고추와 강된장. 새콤한 총각김치와 짭조름한 무말랭이. 그리고 쌀밥까지. 실로 별 반찬이 없음에도 꿀떡 넘어가는 시골 밥상이었다.

평범한데 막상 먹으면 바깥의 여느 반찬과는 다른 맛이 있었다. 절로 감사를 표하게 되는 음식이었다.

"진짜 맛있어요. 이거 다 할머니 솜씨신가 봐요?"

대답으로 황 노인이 툴툴거렸다.

"됐고, 먹기나 해. 그런데 자들은 왜 안 들어오는 거야?"

황 노인이 문밖에서 카메라를 돌리고 있는 VJ를 손짓했다.

오소라가 얼굴에 상냥한 눈웃음을 그리고 말했다.

"방송이라 없는 척하는 거예요, 할아버지."

"그래? 쯧쯧. 고생들 하는구만. 개밥 좀 주고 올 테니 계속 먹고 있어. 필요한 거 있으면 말하고."

"네, 할아버지."

황 노인이 방 밖으로 나섰다.

아닌 척하면서 정이 있는 황 노인은 흡사 이도진의 느낌과 비슷했다. 덕분에 오소라 역시 황 노인을 한결 편하게 대하고 있었다.

'휴우.'

민호는 속으로 안도했다.

점심 대접하겠다고 찾아왔다가 도리어 대접을 받게 된 지금 상황은 의도한 바는 아니었으나 나쁘진 않았다.

'어쨌든 편집은 안 되겠지. 그나저나 할머니가 안 오시면 어쩌지?'

오소라도 그것이 걱정인지 밥을 먹으면서 계속 문밖을 힐끔힐끔 보고 있었다.

민호는 밥을 먹는 와중에 방을 두루두루 살폈다. 이곳에 오면서 윤화정 할머니가 율치리의 명물이라는 얘기는 들었다. 우리 농산물 요리왕 선발대회에서 우승을 했다나 뭐라나. 이를 생각하니 '혹시……' 하는 기대심이 살짝 들었다.

하지만 그 마음이 크지는 않았다.

애장품이라는 게 종류도 다양하고 그 사람이 애착을 보이는 물건 역시 무궁무진했을 테니까. 게다가 문제 생길 때마다 도둑처럼 남의 집을 샅샅이 수색하고 다닐 순 없었다.

그보다는 얼른 인터넷으로 잡채 만드는 방법이나 검색해서 외워 두는 편이 나을 터.

'근데 블로그마다 방법이 다르네? 뭘 고를까.'

댓글이나 반응 좋아 보이는 거로 고르곤 요리 순서랑 재료를 얼른얼른 암기했다. 나중에 정 헷갈리면 군대 짬밥처럼 다 섞고 그냥 볶아버리려고도 생각했다.

옆에서 맛있게 식사를 끝낸 오소라가 민호에게 조용히 속삭였다.

"오빠, 녹두전 할 줄 알아요?"

민호는 슬그머니 녹두전 레시피도 검색어에 추가했다.

"명절 때 많이 먹어봤어."

"으앗! 어쩌려고요?"

황 노인이라면 맛이 없는 녹두전에 버럭 화를 낼 것이 분명하기에 초대한 순간 감자 캐기는 100% 확정이다.

"그래도 어르신 초대하면 재미있을 것 같지 않아? 캐릭터 확실하시잖아."

"그야 그렇죠."

"내가 하는 걸로 할게. 넌 녹두전 안 찾는 분으로 모셔봐."

비록 윤화정 할머니는 만나지 못했어도 소기의 성과는 있을 것이다. 끝나고 죄송했습니다! 하면 황 노인이 툴툴대면서 어찌어찌 용서해 주실 거 같기도 했다.

덜컹.

황 노인이 문을 열었다.

"더 먹을 텨?"

"아니요, 많이 먹었어요."

황 노인의 물음에 손사래를 친 민호가 밥상을 들고 일어섰다.

"설거지는 제가 할게요, 어르신."

"놔둬. 할망구가 와서 할 거야."

이 말을 들으니 무조건 설거지는 하고 가야겠다는 생각이 들었다.

"아닙니다. 정말 잘 먹었는데 이 정도는 꼭 해야죠. 잠시면 돼요."

민호는 부엌으로 들어섰다. 싱크대와 세제, 고무장갑을 찾아서 뽀독뽀독 소리가 날 만큼 잘 설거지할 요량이었다. 그릇 하나에 물비누를 넣고 막 휘저어 풍성하게 거품을 만들었다. 스펀지 수세미에 듬뿍 묻히고 막 설거지를 하려 했다.

"어?"

어디선가 반딧불이 같은 작은 빛이 보였다. 민호의 시선이 가스레인지 위쪽 선반에 머물렀다.

은은하게 빛나고 있는 무쇠 프라이팬!

'유레카!'

감동의 파도가 밀려옴을 느꼈다.

윤화정 할머니에게도 애장품이 있었다.

역시 사람은 착하게 살아야 했다.

설거지하려다 이 무슨 횡재란 말이냐.

"윤 여사님. 감사합니다."

홀린 듯 프라이팬에 손을 댄 민호.

황 노인의 녹두전에 대해 잠시 스트레스를 받아서일까. 애장품을 쥐는 순간 녹두전이 눈앞에 환상처럼 떠돌았다.

시원한 그늘막에 앉아 막걸리를 한 사발 들이켜고, 노릇하게 잘 구워진 녹두전을 입에 넣고 씹는 광경을 목격했다.

방금 배불리 아침을 먹었음에도 도로 배가 고파지고 마는 그런 먹방이 삽시간에 민호를 사로잡았다.

고소한 냄새, 달궈진 기름 소리, 바삭하고 이내 쫀득하게 치아를 감싸며 혀에 닿았다가 멀어지는 그 맛. 새콤 짭짤한 특제간장에 살짝 찍어서 먹으면!

스읍-!

침이 고였다.

'먹고 싶어!'

부엌을 두리번거리던 민호는 어제저녁 윤화정 할머니가 만들다 남은 녹두전의 재료를 발견했다.

물에 불려 갈아놓은 녹두에 소금간을 하고, 고사리와 숙주

데친 것을 숙숙 잘라 양파와 버무리고, 다진 돼지고기에 소금, 파, 후춧가루, 맛술, 마늘, 참기름을 넣고, 묵은지를 씻어 잘게 썰어 조물조물한 녹두전의 기본 재료들.

굽기만 하면 완성이다.

'동그랑땡 크기로 하나만 부쳐 볼까?'

녹두전의 유혹을 이기지 못한 민호가 가스레인지에 불을 켰다.

"오빠, 뭐해요?"

설거지하러 간 사람이 한참이나 돌아오지 않아 부엌 쪽으로 고개를 내민 오소라는 그대로 몸이 굳어버렸다.

민호가 프라이팬을 들어 무언가를 날렵하게 뒤집는 것을 목격한 까닭이었다.

부엌 전체에 고소한 냄새가 한가득 휘몰아쳤다.

"그거 설마 녹두전이에요?"

"어? 으응……."

"녹두전 할 줄 모른다고 했잖아요."

"여기 재료가 다 있더라고. 그냥 그거 구워 봤어."

민호는 어째 요즘 둘러대기 선수가 되어 가고 있다는 생각이 들었다.

착.

민호가 녹두전을 접시 위에 올려놓았다. 작게 하나만 만들려고 했던 것은 민호의 생각이었지만, 지금 이 순간 요리를 하는 이는 손 큰 윤화정 여사!

할머니의 성향 때문에 프라이팬에 꽉 찰 정도의 크기로 변해 버렸다.

"거의 피자 같은데, 맛있어 보이고…… 하여간 참."

오소라는 아무튼 특이한 오빠라며 혀를 찼다.

덜컹.

"할멈 왔어?"

마당에서 닭 모이를 주고 있던 황 노인이 부엌에서 흘러나온 냄새를 맡고 문을 열었다.

잘 익은 녹두전을 접시에 담고 있던 민호가 황 노인을 보며 멋쩍게 웃었다.

"재료가 있기에 부쳐봤어요."

"그래? 어디 보자."

황 노인이 젓가락을 들고 한입 오물오물 먹더니 만족한 표정을 지었다.

"할멈이 한 거랑 맛이 똑같네. 재주도 좋아. 자네들도 먹어봐."

민호와 오소라까지 젓가락을 들어 거들자 녹두전은 그 자리에서 게 눈 감추듯 사라졌다. 분명히 작은 피자 크기를 먹었는데도 왠지 아쉬웠다. 더 먹으라면 더 먹을 수 있을 것 같았다.

"하나 더 구워봐. 밖에 서 있는 애들도 좀 줘야지."

"그럴까요?"

민호는 아직 불판의 열기가 가시지 않은 프라이팬을 바라봤다. 황 노인의 말이 끝나기 무섭게 손이 저절로 움직여 녹두전을 굽기 시작했다.

한 접시가 뚝딱 완성됐다.

"여기 있습니다."

VJ들도 달라붙어 한입씩. 한 접시는 두 접시가 되고, 두 접시는 네 접시로 늘어났다.

그리고.

"이럴 게 아니지. 이 씨가 녹두전 무지 좋아하는데."

황 노인이 마당에 나가 옆집을 향해 소리쳤다.

"어이 이 씨! 이리 드루와 봐!"

민호는 이 순간에는 알아채지 못했다.

왜 윤화정 할머니가 녹두전을 황 노인에게 주지 않고 읍내로 가버렸는지를.

와글와글.

북적북적.

"그렇다니까. 할망구 눈치 안 보고 실컷 마실 수 있어. 그럼그럼."

황 노인은 전화기를 내려놓고 막걸리를 한 사발 들이켰다.

마루 위엔 아침나절부터 술판이 벌어져 있는 상태였다.

"캬~ 이게 얼마만의 녹두전이래."

"억수로 맛나네."

옆집의 이 씨와 건넛집의 박 씨가 연신 엄지를 추어올렸다. 친구를 하나 더 부른 황 노인도 다시 자리로 돌아왔다.

녹두전을 음미하고 있던 이 씨가 황 노인에게 막걸리를 따르며 말했다.

"윤 여사가 오랜만에 솜씨 발휘 좀 하나벼. 어제 싸우더니 화해한 거야?"

"아니야, 할멈 읍내에 갔어."

"으잉? 그럼 이 전은 누가 한데?"

"나가 특별히 모신 손님이 하고 있지. 이 씨도 산골 밑에서 방송하는 사람들 알지?"

오소라가 부엌에서 녹두전이 담긴 접시를 들고 나왔다. 그녀는 상 위에 빈 접시를 치우고 잘 구워진 녹두전을 올렸다.

"맛있게 드세요, 어르신."

"고마우이."

오소라는 방긋 웃은 뒤에 서둘러 부엌으로 돌아갔다. 이 씨는 오소라를 가리켰다.

"저 참한 도시 처자?"

"아니. 총각 하나 더 있어."

황 노인이 부엌 쪽을 보며 흐뭇하게 웃었다. 기분 좋게 술을 들이켠 뒤 잔을 내려놓은 이 씨가 말했다.

"이런 날이면 장 씨도 불러야지."

"장 씨?"

"아 왜 있잖아. 술 무지하게 좋아하는 고주망태 영감."

황 노인은 이 씨의 말에 혀를 끌끌 찼다.

"이 노인네가 기억이 가물가물 하는구만. 작년에 초상 치렀잖아."

"아 맞어맞어. 그 동티날지 모르게 생긴 폐가가 장 씨네 집이지. 우리 나이 때는 언제 훅 갈지 몰라. 다들 술 조심혀."

"에이, 술맛 떨어지게. 한잔 들어."

"들어!"

그렇게 녹두전과 수다를 안주 삼은 노인들의 술판이 이어졌다.

민호는 땀을 뻘뻘 흘리며 맷돌에 녹두를 갈고 있는 중이었다. 윤화정 할머니가 어제 손질해 놓았던 원재료가 다 떨어진 터라 재료 수급이 시급했다. 녹두전을 막 배달하고 온 오소라가 설거지통에서 접시를 건지며 말했다.

"오빠, 저걸로 10분도 못 버텨요."

"아직도 계속 오셔?"

"마을 어르신들 모두 오실 기세예요."

살짝 지친 빛이 보였지만 그녀는 싱글벙글했다. 이건 절대로 무편집일 테니까.

반대로 민호는 내심 울상이었다.

칭찬 듣는 것도 좋긴 한데, 당최 일이 끝을 보이지 않는다. 어르신 한 분만 대접하려고 했던 게 뭐가 이리도 커졌는지 원.

그래도 사나이 자존심상 우는 소리 할 수는 없었다. 민호는 태연한 척 대꾸했다.

"기다려 봐. 이것만 하면 열 판 정도 구울 수 있어."

드르르륵- 드르륵!

맷돌을 가는 손길이 바빠졌다.

마을 어르신 몇몇이 더 찾아온다는 소식에 두 사람은 회관 쪽이 아니라 이곳에서 함께 대접하기로 결정했다.

"가져왔습니다."

FD가 부엌의 뒷문을 열고 재료 박스를 내밀었다. 녹두를 다 갈아 그릇에 담아둔 민호가 재료를 살폈다. 설거지를 끝낸 오소라가 옆으로 다가왔다.

"저는 뭐 하면 돼요?"

"채썰기는 가능하지?"

"그 정도는 돼요."

민호는 오소라에게 당근과 양파를 내밀었다. 그리고 자신은 돼지고기를 다지기 위해 분주히 손을 놀렸다.

그사이 마당 문이 열리며 어르신 한 분이 들어섰다.

"황 씨! 나왔어! 오늘 녹두전 실컷 먹을 수 있다며?"

"어이, 김 씨! 드루와 드루와."

마당에서 촬영을 지휘하고 있던 조연출은 집 안에 점점 늘어나는 어르신들의 숫자에 나 PD에게 급히 무전을 때렸다.

"여기 잔치판이 벌어지게 생겼어요. 어르신들 입담이 장난이 아니라 분량 엄청 나오겠는데요?

저편으로 지화자! 하는 백사운드가 얼쑤! 하고는 섞여 들어갔다.

4시간 뒤.

드디어 악전고투의 종장이 그 모습을 보였다.

"으으. 어르신 미워."

민호는 정자의 그늘막에 앉아 신음을 내뱉었다.

황 노인이 부른 친구가 친구를 부르고, 그 친구가 다시 친구를 부르다 보니, 쉬지 않고 프라이팬을 흔들어야 했다.

'그래도 감자 캐기는 면했어.'

결과는 압도적이었다. 전부다 '좋아요' 팻말을 들고 흔든 까닭에 나 PD도 군말 없이 성공을 인정했다.

"아이고, 죽겠다."

옆에서 같이 고생한 오소라도 축 늘어진 채로 골골거렸다.

그녀도 일이 만만치 않았다. 서빙하랴, 설거지하랴, 채소 다듬으랴. 중간엔 어르신들 틈에 앉아 트로트도 불렀다.

그래도 고생 뒤의 휴식은 달콤한 법.

"왔노라, 보았노라, 이겼노라."

민호는 오소라에게 씩 웃어 보였다.

"이만하면 됐지?"

"충분히요~"

함박웃음을 보인 그녀가 엄지를 치켜들었다. 지쳐서 문어처럼 흐느적거리면서도 웃고 있는 오소라는 확실히 방송인이었다.

"근데, 오빠."

"응?"

"내가 무서운 얘기 하나 해줄까요?"

"아니, 하지 마."

민호는 본능적으로 고개를 흔들었다.

이건 들어선 안 될 얘기다.

"에이."

오소라가 손목시계를 가리켰다.

"아직 1시밖에 안 됐어요."

팔을 주무르고 있던 민호는 등줄기에서 소름이 돋아나는 걸 느꼈다.

"……너 나빠."

"헤헷."

촬영 종료로 예정된 시각은 밤 12시.

미션 성공으로 그것이 저녁 8시로 변경됐음에도 불안감은 여전했다.

나 PD 역시 호락호락한 상대가 아니고. 남은 7시간 동안 텃밭과 축사 같은 일거리가 언제든 주어질 수 있다. 방송 분량 뽑았다고 방송이 끝난 건 아니니까.

“민호야! 어딨냐!”

황 노인의 걸걸한 목소리에 민호는 흠칫 놀랐다. 늘어져 있던 오소라도 몸을 일으키려고 바동거렸다.

“넌 좀 더 쉬어. 나만 불렀잖아.”

민호는 VJ가 따라붙는 것을 확인하고 호흡을 가다듬었다. 휴식하는 장면을 찍을 때는 지친 표정을 지어도 무방하나 그게 아니라면 항상 활기찬 모습을 보여야 한다. 언제 어떤 방송이 나갈지 모르니까.

“부르셨어요.”

막걸리를 그리 드셨는데도 얼굴색 하나 변하지 않은 황 노인이 말했다.

“그래, 고생했어. 노인네들 등쌀에 힘들었지? 얼굴이 아주 푸석푸석하구만.”

“아니에요. 괜찮아요.”

“됐고, 이거 먹으면 괜찮아질 거야.”

황 노인이 콜라 페트병 속에 담긴 무언가를 종이컵에 따라 민호의 손에 쥐여 주었다.

주위 사람에게 계속해서 뭔가를 챙겨주는 건 황 노인의 성격이었다. 명물로 소문난 녹두전을 한번 부치면 마을 사람을 죄다 불러다 잔치판을 벌리기 일쑤였다.

오죽하면 윤화정 할머니가 황 노인 몰래 녹두전을 만들었고 아들 먹이고자 읍내로 탈출했겠는가.

"이게 뭔가요, 어르신?"

민호는 황 노인이 따라준 액체를 살펴보았다. 독한 향이 훅 치고 들어오는 것이 딱 봐도 술이었다.

"어여 마셔봐. 좋은 거니까."

황 노인이 계속 쳐다보고 있었기에 안 마실 수도 없고. 민호는 어쩔 수 없이 입에 털어 넣고 꿀꺽 삼켰다.

"내가 그거 먹고 바로 우리 첫 아들을 만들었지. 기력에는 아주 이거여. 불끈불끈할 꺼구만."

"커헙. 컥!"

엄지를 자신 있게 치켜든 황 노인. 민호는 목을 움켜쥐었다. 그저 한 모금일 뿐임에도 도수가 장난이 아니었다.

"술 잘 담그는 장 씨가 만든 건데, 이 동네에선 유명해. 이젠 구하지도 못하는 거야."

기력에 좋다는 술이 어떤 효과가 있을지 전혀 알 수 없었다. 왠지 벌써부터 배가 살살 아파져 오는 기분이었다.

그래도 이미 먹은 걸 어쩌랴. 좋은 거려니 하고 꾹 참았다.

황 노인이 너털웃음을 흘리며 민호의 어깨를 툭 쳤다.

"어때? 슬슬 오지?"

"네? 뭐가요?"

그 순간 뱃속에 불덩이가 끓어오르는 느낌이 들었다. 가뜩이나 혈기가 넘치는 나이.

황 노인이 '강추'한 정체불명의 기력회복주는 그렇게 민호의 전신에 열기가 어리게 만들었다.

7월 초.

숨이 턱턱 막히는 무더움이 찾아오는 시기.

민호는 어제 뛰어들었던 계곡물이 절실해졌다.

"나 PD!"

읍내에 나갔다 돌아온 이도진은 곧바로 마을회관에 있는 나 PD를 쫓아왔다.

"너 정말 너무하는 거 아니냐?"

"제가 왜요?"

이도진은 면사무소에서 받아온 등록증을 흔들며 말했다.

"이장님께 말하면 해주는 거였잖아. 내가 안 가도 됐어!"

"그래요? 김 작가. 왜 말씀 안 드렸어? 우리 도진이 형 쓸데없는 발걸음 하셨잖아."

아침에 이도진을 깨웠던 김 작가가 난처한 표정을 지었다.

그러나 이도진은 눈치백단.

원흉이 누구인지는 당연히 알고 있었다.

“미영 작가.”

“네…… 넷?”

“그 옆에 나 PD 좀 꽉 붙들고 있어 봐요.”

살벌한 눈빛에 말아쥐는 주먹을 보고 나 PD가 손을 번쩍 올렸다.

“워이~ 워이~ 진정해요, 진정.”

얼른 카메라 감독에게 말했다.

“도진이 형, 계속 찍어요. 카메라 끄면 안 돼. 이도진 폭주. 스태프에게 폭력 행사. 자막 빵빵! 그렇게 박아야 하니까.”

“쳇!”

이도진은 어쩔 수 없다는 듯 물러섰다.

“내가 다신 당하나 봐라.”

라고 해주면서 계속 당하는 것이 이 프로의 매력이었기에 나 PD와 스태프 모두 그 모르게 웃음 지었다.

한바탕 소동이 끝난 회관의 마루에서 이도진은 이상한 광경을 보았다.

생선구이에 죽, 잡채, 전 등 향토적인 건 물론 생경한 요리까지, 마치 제사상이라도 차린 양 음식이 잔뜩 쌓여 있었다.

그런데 사람이 드물어 휑할 지경이었다. 시무룩해 있는 걸세븐과 뭔가 멍~해 있는 박진석을 보니 더욱 아리송할 따름이다.

"오전에 뭐한 거야? 나 먹으라고 이렇게 차렸어?"

"미션이 있었어요."

걸세븐들이 이도진 옆으로 다가왔다.

풀이 죽어 있는 그녀들의 모습에 바로 짐작이 됐다.

실패했구나.

자신의 역할은 이 분위기를 잘 수습하는 것이리라.

한데, 멤버 중 몇몇이 보이지 않았다.

"우리 에이스 민호랑 소라는 어디 있어?"

"윤여정 할머님댁에요."

"응?"

"어떻게 된 거냐면요."

궁금해 하는 그에게 막내인 구하연이 오전의 일을 얼른 이야기해 주었다.

"거참. 걘 도대체가……."

마을 어르신들이 죄다 황 노인의 집으로 가버린 통에 파리만 날리게 된 회관의 사정을 이해한 이도진은 보조개가 푹 파인 웃음을 지었다.

"막걸리 파티면, 나중에 윤 여사님 난리 나겠어. 저 정도면 황 어르신이 쫓겨나는 거 아닌가 모르겠다. 하하."

막내 구하연이 아쉽다는 듯 말했다.

"이럴 줄 알았으면 민호 오빠 따라갈걸. 괜히 진석 오빠 따라서 요리했어."

"뭔가 되게 바쁘고 진짜 많이 했는데."

"다 남았어요. 에효."

그녀의 투정에 남은 걸세븐 모두 동감한다는 시선을 보냈다.

"그 비실이한테 또…… 내가……."

부엌에 앉아 있던 박진석은 반쯤 넋이 나가 있었다. 자신이 돋보일 수 있었던 상황. 거기다 시골요리와 도시요리의 퓨전음식까지 선보였다.

박진석은 피자치즈를 살짝 뿌려 고소함을 가미한 닭볶음과 와인으로 구워낸 소고기로 풍미를 더한 비빔밥에 시선을 돌렸었다.

그러나 어르신들의 입맛은 녹두전뿐이었다.

대체 왜일까?

그 의문은 스태프가 녹두전 한 접시를 들고 와서 맛을 보았을 때에야 비로소 없어졌다.

상상 이상의 맛.

완벽하게 조화된 차별화된 맛이 분명히 있었다.

'부침개 하나를 이길 수가 없었어.'

인정할 수밖에 없는 차이다. 이틀 연속 완패였다.

이젠 감자를 캐며 몸 개그를 시전 하는 저차원의 방법밖에 떠오르지가 않았다.

마을 회관 앞에 청춘일지의 출연진들이 전부 모였다.

“촬영 스탠바이. 큐!”

나 PD의 외침에 오후 촬영이 시작됐다.

“모두 고생하셨습니다. 이제부터 오전 미션의 결과를 발표해 드리죠.”

나 PD는 감자팀과 물놀이팀으로 나뉜 상황판을 내밀었다. 그리고 이도진에게 말했다.

“물놀이팀에 강민호 씨, 오소라 씨 단 두 명뿐인데요. 도진이 형은 당연히 물놀이팀에 가시겠죠?”

“그걸 말이라고 물어.”

감자팀에 서 있던 걸세븐의 여섯과 박진석이 실망했다는 표정을 지었으나 이도진은 당당했다.

“야, 이 지옥에선 일 안 할 때 최대한 안 하는 게 맞는 거야.”

나 PD는 뭔가 있어 보이는 미소와 함께 말했다.

“저희 제작진에서는 감자팀도 특별히 구제할 수 있는 방법을 마련했습니다. 들어 보시겠어요?”

“됐어. 그냥은 아닐 거잖아.”

머리 위로 손을 동그랗게 말아 ‘정답!’이라고 외치는 나

PD. 이도진이 눈을 부라리자 그것을 하트 모양으로 바꾸며 주춤 물러섰다.

“그러지 말고 들어 보세요. 아주 간단한 상식 퀴즈를 준비했으니까.”

그 말에 이도진이 ‘퍽도 간단하겠다’ 하는 표정을 보였다.

“누가 푸는데? 내가?”

“누가 푸셔도 상관없어요. 아무튼, 성공하면 구제고 실패하면 물놀이 팀에서 한 명 넘어가시면 돼요. 원하시는 만큼 도전하실 수 있죠.”

이도진은 바로 발끈했다.

“집어치워. 전에도 보기 10개짜리 말도 안 되는 퀴즈 냈었잖아.”

나 PD는 ‘그래서 시청률 좀 올렸죠.’라고 중얼거렸다.

“어떻게. 도전하시겠어요?”

해 봐야 물놀이 팀은 손해였다. 이도진의 선택은 당연하게도 ‘No’였다.

“맨날 이런 식이지. 우리 스마트하게 좀 지내자.”

“그럼 하는 수 없죠. 스마트한 거에 자상한 건 없었다고 자막 깔아야지. 도진이 형이 희생하면 한 명 구제는 시도해 볼 법한데…….”

감자팀 전원이 애처로운 눈빛으로 이도진을 바라봤다.

실패하면 감자팀 직행.

성공해도 고작 1명 유혹은 효과적이었다. 마음이 급격히 흔들린 이도진이 나 PD를 째려봤다.

"잔인하다 너."

"싫으면 싫다고 하세요. 그럼 감자 팀 바로 저 트럭에 타고 가시면 됩니다."

민호는 나 PD를 볼수록 너구리가 생각났다. 참 능수능란했다. 이도진은 그들을 번갈아서 보다가 패배를 인정했다.

"기다려 봐. 우리 팀원한테도 물어봐야지."

물놀이 팀 쪽으로 걸어온 이도진이 오소라를 보며 의견을 구했다.

"할까? 실패하면 우리도 가서 감자 캐야 해."

"오빠, 해야 하는 분위기 아니에요?"

"맞긴 한데, 상황이 좀 다르잖아."

그는 오소라에게 민호를 보라고 했다.

민호로서는 의아할 따름. 방송 경험이 부족하기는 했지만, 진행상 무조건 해야 하는 타이밍임은 알 수 있었다. 그래야 방송이 사니까.

그런데 왜 망설이는 걸까?

"아, 맞다."

"디메리트가 크지? 지금까지 너무 좋았기도 하고."

"근데 오빠는 원래 이런 거 신경 안 써주는 사람이잖아요."

"야, 누가 들으면 진짜 나쁜 놈으로 보겠다. 그리고 너희랑 민호랑 케이스가 다르잖아. 게스트는 오로지 이미지야.”

“피~ 알았어요.”

둘의 이야기에 민호가 바로 이해했다.

현재 자신의 이미지와 캐릭터는 다재다능한 게이머였다. 그리고 그 시작점은 누가 뭐래도 퀴즈쇼 대회 우승자라는 타이틀이다.

그런 민호가 속한 팀이 퀴즈에 나서면 당연히 팀을 위해 조언을 구하거나 나서는 상황이 자연스럽게 연출될 터였다.

그때 ‘몰라요’라고 해버리면 이제 막 만들어지는 캐릭터와 이미지에 흠집이 가게 된다.

“그래 봐야 한 번이고 그쯤은 실수하는 거도 괜찮지 않나요? 게다가 농촌 문제일 거고요.”

민호의 말에 이도진이 고개를 저었다.

“그거도 나쁘진 않은데, 내 생각엔 지금은 스마트한 거로 딱 각인시켜 주고 그다음에 친숙한 게 효과가 더 좋아. 그 요소만으로도 섭외 1회는 무조건 따 놓은 거니까. 잘만 잡아주면 고정도 무난하게 노려볼 수 있을 거고.”

그는 일장일단이 있지만 앞으로를 볼 때 이편이 효율적이라고 설명해 주었다. 청춘일지 말고 다른 선택지에서 큰 이점이 될 거라고.

민호는 간단한 거에서 굉장히 전략적인 안목을 내다보는 느낌을 받았다. 자신이 펜타스톰의 프로게이머라면 이들 역시 방송에서 프로였다.

"그 맞춰야 하는 문제 말인데요."

이쯤 되니 기대에 부응해 주고 싶어졌다.

"주관식인가요, 객관식인가요?"

"객관식."

"근데 난이도는 The Answer 저리가라예요. 엉뚱한 거로요."

"퀴즈 같지도 않은 걸 문제로 내거든."

범위를 딱 정할 수 없는 일반상식의 폭넓은 개념처럼 문제 분야가 이리저리 팍팍 튄다고 했다. 사소하고 자잘한 거로 말이다.

"하죠."

"괜찮겠어?"

"맞추면 베스트잖아요."

"우와! 우리 오빠 멋있다."

"니네 급격히 친해져 보인다?"

그 말에 킥 하고 웃는 오소라였다.

민호는 정말로 자신 있었다.

'객관식 퀴즈라면 나야 땡큐지.'

나 PD가 게임 선택을 잘못했다. 걱정 말고 하자는 민호의 확신에 이도진이 고개를 끄덕였다.

"좋아. 해보자. 뭐, 문제가 정말 터무니없어도 최대한 너한테까지는 안 가도록 할 테니까 걱정 붙들어 둬."

그러고는 이도진이 도전을 외쳤다.

"물놀이팀 파이팅!"

"꼭 맞춰 주세요!"

감자팀이 물놀이팀을 열렬히 응원했다.

"역시 도진이 형."

나 PD가 양손의 엄지를 치켜들며 말했다.

"선택 기회는 단 한 번입니다. 그럼 첫 번째 문제 바로 드릴게요."

김 작가가 앞으로 나와 문제를 읽었다.

"첫 번째 문제. 농어촌 시사상식."

출연진 모두 어떤 문제가 나올지 기대감을 갖고 귀를 기울였다.

"새만금 간척사업의 총 축제 거리는?"

"거리? 거리의 이름도 아니고, 미터나 킬로미터 같은 그 거리?"

"네. 그 거리입니다."

어이가 없는지 외려 웃는 이도진이었다.

그간 농사일이 좀 익숙해졌겠다, 웬만한 문제는 때려 맞출 수 있으리란 자신감이 있었건만. 이건 뭐란 말인가.

"나 PD. 미쳤어? 이게 농어촌 상식이야?"

"새만금이 농어촌에 있잖아요."

"너 가정 상식 하나 맞춰 볼래? 우리 집 침대 넓이 말이야.

나도 퀴즈니까 상품 줄게.”

“자! 보기 들어갑니다.”

계속 읽으라는 나 PD의 지시에 김 작가가 보기를 늘어놓았다.

“1번. 33.1km. 2번. 33.2km. 3번. 33.3km. 4번 33.4km. 5번 33.5km. 6번…….”

“몇 번까지 있는 거야?”

“0.1km씩 늘여서 10번까지 있습니다.”

줄줄이 10번까지 보기가 나왔다.

확률은 10%.

그야말로 총체적인 난국이 가득한 문제. 민호의 생각으로 나 PD는 안티를 늘리는 재주가 탁월한 사람이었다.

“나 미대 나왔어. 차라리 미술상식을 내!”

모두가 패닉에 빠진 이때. 오소라와 함께 서 있던 민호가 손가락 아홉 개를 펼쳐 보였다.

“정말?”

민호는 끄떡끄떡 하고 걱정 말라는 눈빛을 보였다. 이도진이 나 PD를 보며 대답했다.

“9번. 33.9km.”

“저, 정답…….”

감자팀에서 환호성이 터져 나왔다.

이도진과 오소라의 시선에 민호가 어깨를 으쓱해 보였다.

그 모습에 이도진이 씩 웃었다.

"오케이. 일단 하나 살렸고. 또 내봐."

갑자기 태세를 변환해 전투적으로 나오는 이도진에 나 PD와 작가진들이 살짝 당황했다.

"뭐야? 찍어서 맞춘 거야?"

"설마요. 어쩌다 기사를 읽었을 수도 있겠죠. 10년 전쯤에는 떠들썩했으니까."

"이런 걸 외우고 있는 게 이상한 거에요. 절대로 우연입니다."

"혹시 모르니까 최대한 골라봐. 진짜 모를 만한 거로."

의논을 끝낸 제작진에서 다음 문제가 나왔다.

"람사르협약에 가입된 습지는?"

"4번. 우포늪."

"정답."

"반공사상인 매카시즘의 발언자와 그 시작 연도는?"

"나 PD. 농어촌 상식은 버린 거지? ……7번 J.R. 매카시와 1950년."

"……정답."

"마야의 후손으로 오늘날 과테말라 지역에 살고 있었던 키체마야 족이 성서로 여긴 책의 이름은?"

"나 PD 당황하겠어. 9번. 포폴 부(popol vuh)."

"……."

이쯤 되자 나 PD가 놀랄 수밖에 없었다. 자꾸 이도진에게 신호를 주는 민호가 눈에 밟혔다.

"민호 너 짱이다. 별걸 다 알아."

이도진의 말에 감자팀 모두 동의한다는 듯 고개를 끄덕였다.

특히 아직 공부에 치이는 고3인 구하연은 눈에 하트가 뿅뿅 나올 지경이 됐다.

"나중에 소라 언니한테 부탁해서 꼭 과외 받아야지."

벌써 4명이 구제되어 물놀이 팀에 합류했다. 감자팀은 모두 기대감에 들뜬 채로 나 PD의 퀴즈를 기다렸다.

그사이 강민호 섭외를 담당했던 김 작가가 슬그머니 다른 작가의 뒤로 몸을 숨겼다.

홱 고개를 돌린 나 PD가 추궁했다.

"못 맞출 거라며?"

"하, 하나쯤은 걸리지 않을까요?"

"어이쿠!"

이틀 연속 행복한 청춘 드라마로 마무리해야 한단 말인가. 아니, 대관절 이런 걸 머릿속에 다 넣고 다니는 저 녀석은 뭐지?

머리를 부여잡는 나 PD에게 이도진은 득의만만한 미소를 지었다.

"나 PD. 어서 퀴즈내. 우리 단체로 물놀이 좀 할 참이니까."

나 PD가 손을 흔들었다.
"반칙! 강민호 씨가 돕는 건 반칙입니다!"
다 알면서 했다가 결국은 항복하는 모습이었다.
이도진이 크게 웃었다.
"왜 이렇게 판을 자주 바꿔. 원래 출제 분야도 농어촌 상식이었잖아? 자꾸 그러면 나 그만한다. 우리도 구할 만큼 구했어. 이대로 물놀이 가?"
이도진 특유의 여유와 땡깡에 이번엔 나 PD가 매달려야 했다.
"전원 다 구하셔야죠."
"그럼 내봐."
나 PD는 동전을 장난스레 튕기며 재밌다는 듯 웃고 있는 민호를 바라봤다.
그리고 패배의 자막을 떠올렸다.
'녹두전을 굽는 대가로 거듭난 그 남자는 본래 퀴즈쇼의 달인이었다. 제작진의 완벽한 계산 미스.'
하여간 무엇을 계획해도 전혀 예상 밖의 장면을 연출하는 인물이었다. 고정이라면 오히려 주위 캐릭터들을 다 삼켜버리는지라 난감하지만, 특집이나 이벤트용이라면 누구라도 환호할 캐릭터다.
'기타 연주만 잘하는 프로게이머인 줄 알았는데 진짜 양파 같은 녀석이네.'

어느덧 마지막 문제.

"……정답."

"야호!"

"우와, 대박!"

"아자자! 물놀이 가자!"

퀴즈 달인 덕분에 전원이 구제된 걸세븐이 신이 나서 달려나갔다. 이를 본 작가진이 주먹을 움켜쥐었다.

"난센스로 한 번 더 해보죠."

"아예 강민호 빼고, 보상 두둑이 해서 밀어붙여요."

"아이디어 얼른!"

이렇게 무참하게 당하니 이젠 이쪽도 오기였다.

"하암~"

곳곳의 부산스러움에 걸세븐의 시골집 기둥에 기대어 꾸벅꾸벅 졸고 있던 민호가 눈을 떴다. 그리고 감자껍질이 한 보따리 쌓여 있는 마당을 바라봤다.

"으! 삭신이 쑤시는구나."

늙은이처럼 팔을 두드렸다.

물놀이 이후, 심기일전한 나 PD의 함정미션에 충격적인 패배. 이후 전원이 2시간 동안 감자를 캐야 했다.

마당에는 캔 감자를 삶고, 굽고, 갈아서 부쳐 먹으며 마지막 미션을 수행했던 흔적들이 곳곳에 자리해 있었다.

"여기서 촬영 마칩니다!"

"수고하셨습니다."

"모두 고생 많으셨어요!"

종료와 동시에 곳곳에서 울려 퍼진 스태프들의 인사가 이렇게 정겹게 다가올 줄이야.

시계를 확인하니 오후 9시였다.

"민호야."

뒷방에서 짐을 정리해 나온 이도진이 다가왔다.

그가 나 PD와 적당히 타협을 봐 그나마 모두 이 시간에 퇴근할 수 있게 됐다.

"고생 진짜 많았다. 다음에도 나올 거지?"

민호는 솔직하게 말했다.

"자신은 없네요."

"내가 이거 하나는 확실하게 말해 줄 수 있어."

이도진은 야밤인데도 선글라스를 착용하더니 말했다.

"방송 계속하다 보면 공기 좋고 물 좋은 데서 뒹구는 게 그렇게까지 힘든 일은 아니라는 생각이 들게 될 거야. 넌 아직 청춘이잖아. 난 마흔셋이고."

민호의 어깨를 두드려 준 이도진이 대문 밖으로 사라졌다. 굳이 멋있는 척을 하지 않고 있음에도 저 형 왠지 멋있다고 느끼는 민호였다.

'나도 선글라스 하나 사볼까?'

"강민호 씨."

이번에는 박진석이 가방을 짊어지고 나왔다.

"당신처럼 방송하는 사람은 처음 봐. 어떻게 한 컷을 양보를 안 해."

쏘아붙이던 박진석이 손을 내밀었다.

"덕분에 좋은 경험했어. KG엔터니 계속 마주칠 것 같은데 다음에 또 보자고."

"네, 또 봐요."

회심의 점심 요리까지 밀려 버린 것을 쿨한 척 넘어가는 박진석의 행동에 민호도 쿨한 척 악수를 했다.

물고 물리는 방송 분량 싸움의 승자가 가질 수 있는 여유를 한껏 과시하며.

"민호 오빠! 우리도 가요."

오프닝 때 입었던 복장으로 갈아입은 오소라가 방을 나섰다. 갈 때가 되니 그녀의 목소리에도 활기가 넘쳤다.

"드디어 탈출이구나."

민호는 짧지만 긴 훈련을 마치고 퇴소하는 군인의 심정이 되어 대문을 나섰다.

비좁은 시골 길로 크레인 차량이 드나들어야 하기에 이곳까지 출연진 차량이 들어올 수가 없었다. 덕분에 공 매니저가 대기하고 있는 공용 주차장까지 좀 걸어야 했다.

"조명은 이쪽에 쌓아 둬!"

"FD! 음향 장비 챙겨!"

대문 밖은 촬영 장비를 정리하는 스태프들로 온통 정신없었다. 정리를 지휘하고 있던 나 PD가 두 사람을 보며 손을 흔들었다.

"민호 씨. 이번 방송 잘 나올 것 같아. 기대해도 좋아. 소라 씨도 고생했어."

"나 PD님도 고생 많으셨어요. 저희 먼저 들어가요."

민호와 오소라는 인사를 끝내고 율치리의 밤길을 걸었다.

시골집이 산 바로 아래 있는 터라 가로등 불빛조차 없는 어두컴컴한 길이었다.

"힘드셨죠?"

가만히 걷고 있던 오소라가 물어왔다.

"저는 이 프로 다른 건 다 마음에 안 드는데, 일 끝내고 이렇게 별 보면서 걷는 건 좋아요."

민호는 이 말에 하늘을 올려다보았다.

해맑았던 하늘에는 초롱초롱한 별들이 한가득이었다. 마냥 쳐다보고만 있어도 좋을 그림 같은 풍경.

문득, 시골을 벗 삼아 찍는 방송이 그리 힘든 일이 아닐 수도 있겠다는 생각이 들었다.

'잠깐만.'

원래 낭만은 짧다.

'다 끝나니까 이런 생각을 할 수 있는 거야.'

눈 떠보니 어제 아침으로 돌아가 있으면 머리를 땅에 박고 싶은 심정이 될 것은 분명하니까.

그렇게 시골길을 걷던 민호는 정면의 한 지점에 시선이 머물러 걸음을 멈추고 말았다.

"소라야."

"왜요?"

"너 무서운 거 잘 보는 편이야?"

민호는 앞을 가리켰다.

사람이 살지 않는 것이 분명한 다 낡은 건물이 무척 을씨년스러운 분위기를 풍기며 자리해 있었다.

"전혀 안 무서워하거든요!"

라고 말하면서 민호 쪽으로 한 발짝 다가선 오소라. 민호는 피식 웃으며 걸어 나갔다.

그도 담이 센 편은 아니지만, 공포영화를 비명 안 지르고 버틸 수준은 되는 터라 저 정도 폐가는 무리 없이 지나칠 수 있었다.

'응?'

민호는 그러다 폐가 안에서 불빛이 반짝이는 것을 발견했다.

사람이 전혀 살 것 같지 않은 집.

불빛이 나올 이유가 없다. 민호는 발끝에서부터 머리끝까지 갑자기 싸해졌다.

"뭐야 저거?"

"뭐, 뭐가요?"

민호의 놀란 음성에 오소라가 그의 옷자락을 붙들었다.

"창문에 저 불빛 안 보여?"

"어디요? 어디?"

폐가 쪽을 집중해서 살피던 오소라가 민호의 등을 탁 때렸다.

"장난치지 마!"

공포감에 휩싸이자 오소라의 말이 짧아졌다.

"장난 아닌데. 저 봐봐."

민호는 이 말을 하다가 저 빛이 귀신이니 뭐니 하는 것이 아님을 깨달았다.

계속 보고 있자니 생각보다 거부감이나 오싹함이 들지 않았던 것이다. 오히려 본능적으로 작은 기대와 흥분마저 들었다.

뭔가 있다.

결코, 나쁘지 않은 무언가가.

"여기 잠깐만 있어봐."

민호는 홀린 듯 폐가로 접근했다.

다 쓰러져 가는 문을 열고 방안을 들여다보니 빛이 더 확연하게 느껴졌다.

방 한가운데 굴러다니고 있는 작은 호리병.

민호는 약간 흥분상태에 빠졌다.

지금까지처럼 주인이 있고 잠깐 스쳐 지나가는 애장품이 아닌, 처음으로 주인 없는 물건을 본 것이다.

“뭐 하세요? 저 먼저 가요!”

폐가 밖으로 나온 민호는 달달 떨고 있는 오소라를 보며 싱긋 웃었다.

“내가 잘못 본 거였어. 이제 가자.”

“으이그!”

오소라는 그럼에도 무서운지 민호에게서 한 걸음 거리를 유지했다. 민호는 주차장으로 향하며 빛이 어린 호리병을 이리저리 살펴보았다.

“그건 뭐죠?”

“주운 거.”

민호는 호리병을 살피며 조금 이상함을 느꼈다. 은은한 빛은 똑같았으나 계속 쥐고 흔들고 있음에도 아무런 반응이 없었다. 지금껏 보아온 애장품은 발견하고 만지는 순간 죄다 빛을 잃었는데.

‘아무렴 어때, 하하! 득템!’

주인도 없이 버려져 있던 물건이니 부담은 없다. 일단 집에 가서 더 확실히 알아봐야겠다.

“강민호 씨! 오소라 씨!”

주차장에 서 있던 공 매니저가 두 사람을 반갑게 맞이했다.

그날 밤.

서울로 향하는 밴 안에서 민호와 오소라는 모두 곤하게 잠에 빠져 있었다.

민호의 손에 쥐어져 있던 호리병이 어느 순간 반짝이기 시작했다.

"으음."

잠깐 뒤척이던 민호는 입맛을 다시며 다시 꿈결 속으로 빠져들었다. 은은하게 반짝이던 호리병의 빛은 그대로 민호의 손을 타고 그의 몸속으로 사라졌다.

운전에 집중하고 있던 공 매니저도, 민호보다 더 깊은 잠에 빠져 있던 오소라도, 민호 본인도. 모두 이 광경을 보지 못했다.

Object : 손이 큰 윤화정 여사의 무쇠 프라이팬.

Effect : 막걸리를 부르는 명물 녹두전의 대가가 된다.

Hidden object : 폐가의 호리병.

Effect : 미상.

9.
술 빚는 장 씨

민호는 밴 안에서 뒤척이고 있었다. 1박 2일간의 빠듯했던 촬영으로 잔뜩 피곤이 누적된 상태였다. 이는 지방에서 서울까지 올라가는 차량에서의 단잠만으로 해소되지 않았다.

“아우. 등 배겨.”

차의 좌석보단 침대가, 그것도 익숙한 잠자리가 최고다.

“공 매니저님. 아직 멀었어요?”

숙소에서나 푹 자야겠다는 생각에 눈을 비비며 고개를 든 민호는 순간 어리둥절함을 느껴야 했다.

차에서 잠들었었다. 그러니 밴 안이어야 하는데…… 여긴 어딜까?

‘옛날 집?’

딱딱한 흙벽과 구들장. 지붕은 볏짚과 갈대로 엮어 만들었다. 이곳은 청춘일지를 촬영했던 시골집의 구조와 비슷한 어딘가의 방 안이었다.

창호지 틈을 비집고 들어오는 한낮의 불빛이 민호의 눈을 찔렀다. 아찔한 걸 보니 꿈은 아닌 게 확실했다.

"도대체 이게 뭔 일이래?"

벌떡 일어났다.

차분히 주위를 살피자 70년대 배경의 영화 속에서나 볼법한 가구들과 벽면 한쪽에 잔뜩 진열된 마개 달린 호리병들이 보였다. 술이 담겼음이 분명했다.

그 종류도 참 많았다. 막걸리와 같은 시큼달달한 향이 나는 탁주에서부터 사과, 복숭아, 자두, 살구 같은 것으로 담근 감미로운 과일주까지. 이 방의 주인은 전통 술을 빚어내는 것만큼은 일가를 이룬 듯 보였다.

가만.

저거, 낯이 익다.

'호리병!'

민호는 폐가에서 주웠던 호리병을 떠올리고 몸을 더듬었다. 그러다 지금 입고 있는 옷이 원래의 옷이 아님을 깨닫고 다시 한 번 깜짝 놀랐다.

웬 무명천으로 된 옷을 입고 있었다.

속옷의 촉감까지 까끌까끌한 것이 아예 다른 복장을 한 상태다. 어떤 변태가 자신을 납치해서 옷만 홀랑 갈아입혔을

리는 만무한 일.

"설마?"

억세고 주름진 손으로 자신의 얼굴을 더듬더듬 만진 민호가 문밖으로 나갔다. 그리고 문 옆에 자리한 거울을 보고는 눈을 휘둥그레 떴다.

'설마 저 사람이…… 나?'

더벅머리에 수염이 덥수룩한 거울 속의 사내.

입을 벌린 모습에다 얼굴을 만지작거리자 그대로 따라 하는 것이 영락없는 자신의 행동이었다.

거울에 비치는 사람은 민호 자신이 분명했다. 왜 이렇게 된 건지 이해할 수는 없었지만, 상황은 그러하였다.

'이건 꿈이야. 꿈!'

다부지게 마음먹은 민호가 손바닥에 힘을 주었다. 보통 꿈에서 깰 때 자주 한다는 자기 뺨 때리기!……를 하려다가 그냥 손뼉을 세게 짝! 하고 쳤다.

손이 그냥 찌릿찌릿한 건지, 찌릿찌릿해 하는 꿈을 꾸는 건지 구분이 가지 않았다.

"으! 대체 뭐야?"

그때였다.

"장 씨. 있는가?"

문밖에서 누군가의 걸쭉한 목소리가 들려왔다.

잘 됐다. 밖의 저 사람이면 지금 이 상황이 어떤 건지 알려

줄 수 있으리라.

민호는 문을 덜컹 열고 찾아온 이에게 소리쳤다.

"이게 대체 어찌 된 일입니까? ……엥?"

말끝에서 힘이 빠졌다. 문밖의 상대를 보자 누군가의 이름 석 자와 기억이 머리를 번개처럼 스친 이유였다.

"황다호?"

"나 말고 누구겠어?"

영상이 오버랩 되듯 얼굴에 두툼한 살집이 있는 황 노인과 50년은 젊어진 매끈한 얼굴의 남자가 스르르 합쳐졌다.

젊은 황 노인, 황다호는 눈만 껌뻑이고 있는 민호를 보고는 화통하게 웃었다.

"장 씨 상태를 보니 한잔 거하게 걸쳤군그래? 혼자만 맛난 거 먹지 말고 나도 좀 불러."

"아니요, 어르신. 그게 아니라……."

"아, 됐고! 부탁했던 술이나 내와."

황다호 청년이 손을 휘휘 저었다.

그러면서 호리병을 가리키는 데 이를 보자 민호는 지금의 상황을 짐작할 수 있었다.

시간을 거슬러 온 것 같은 상황.

다른 사람에게 빙의라도 한 모양새. 자신을 '장 씨'라고 부르는 황 노인이 찾는 것은 다름 아닌 술이었다. 눈을 뜬 집의 모양새부터 계속 눈에 밟히는 공통된 사물은 바로 술병!

'알았다. 폐가의 그 호리병 때문이구나.'

이 기묘한 일의 키워드는 바로 그것이었다. 일전에 애장품과 유품에 대해 물어보며 들었던 바도 다시금 떠올렸다.

"유품은 그냥 보면 잘 모르지만, 그것을 사용했던 사람 고유의 특징이 담겨. 한마디로 갖긴 어렵지만, 능력은 더 좋다 이거다. 찾아서 가질 수 있으면 가져봐."

민호는 내심 투덜거렸다. 기왕 가르쳐 주는 거 친절하게 잘 알려주면 좋았을 텐데.

'갖긴 어렵다는 게 이런 의미였다니. 칫.'

득템이라 생각했던 호리병이 유품이라면, 지금 이 상황은 그것을 활용할 수 있게 되는 자격시험 같다고 느껴졌다.

상황을 인지하는 순간, 민호는 놀랍도록 쉽게 적응에 들어갔다. 그도 그럴 것이 그는 프로게이머였다. 자신의 능력으로 발생한 일이고 게임의 고전인 RPG는 진즉 두루 달통했다.

Role Playing Game! 역할 분담 오락!

이것이 이른바 미션이라면, 지금 자신은 장 씨라는 캐릭터를 통해 유품을 획득하는 중이다. 기이한 이 상황을 게임으로 인식하는 순간 민호는 더할 나위 없이 능숙하게 대처했다.

민호의 시선이 다시 황다호에게로 향했다.

"술? 황 씨도 보다시피 내가 취해서 말이야. 기억이 날 듯 말 듯 잘 안 나는데…… 어떤 거였지?"

왠지 장 씨를 흉내 내겠다 생각하니 그의 말투가 자연스레 나왔다.

"아 거참, 중요한 일 있을 때는 술 좀 작작 먹어. 저기, 저 거라고."

"아하. 나도 기억이 나는군. 맞아, 저거였었지?"

민호는 술을 달라는 황다호의 손가락을 따라 쭉 향했다. 방 안에 잔뜩 진열되어 있는 호리병 중 구수한 누룩 냄새가 진동하는 것을 잡았다.

안에 막걸리라도 들어 있는 듯 보였다. 이를 꺼내고 보니 황다호가 대뜸 소리쳤다.

"동작 그만! 지금 옆 병 짚기여? 내가 가리킨 건 선반 왼쪽 세 번째였는데 장 씨는 그걸 지나쳤구만!"

불같은 노성에 뜨끔했지만, 민호는 태연자약한 척 연기했다.

"거 성질하고는! 덤으로 하나 더 주려고 한 거야. 준대도 싫은 거야?"

슥 째려보니 황다호는 표정을 삭 바꾸었다. 그리고 고개를 홱홱 돌렸다.

"에이, 장 씨도 내가 성격이 급한 거 잘 알잖아. 혹시나 해서 그런 거라고. 이해하지?"

술에 약해져서는 봐달라고 하는 기색에 민호가 내심 가슴을 쓸어내리며 고개를 끄덕였다.

"암! 물론이지. 자, 여기 있어."

황다호는 민호가 건네는 두 개의 술병을 받아들고는 마개를 열어 향을 음미했다.

이윽고 햇살 받는 고양이처럼 만족스러운 표정을 보였다.

'이거 그거잖아?'

녹두전 부치기로 초죽음이 됐을 때 황 노인이 먹인 기력주의 주향(酒香)이었다.

찰나 간 장 씨 특산의 저 술이 혼합주이며 그 배합비가 무엇인지 책 페이지가 펼쳐지듯 머리 위로 스쳐 갔다.

효능은 한마디로 정의할 수 있었다.

활력!

정력!

남성이여, 고개를 불끈 들라!

황다호가 툴툴거렸다.

"요즘 밭일하느라 힘들어 죽겄어. 아부지는 어서 손주부터 낳으라고 성화고. 그게 어디 맘대로 되는 감? 어쨌든 이거면 단방에 해결될 테니까 말이야."

남자 몸에 참 좋은데 대놓고 설명하자니 멋쩍은 술을 사이에 두고 남자들만의 우정 어린 웃음을 나누었다.

'미션 석세스인가?'

생각보다 어렵지 않았다. 유품의 시험이 찾아온 황 노인에게 술 전달해 주기라니. 이제 일이 끝났으니 이 상황에서 벗어날 차례였다. 그런데 돌아갈 줄 알았던 황다호가 민호에게 말을 이었다.

"그때 말했던 것처럼 우리 처제한테 잘 얘기해 둘게. 소영이가 다른 건 몰라도 내 말은 철석같이 들어."

두근! 두근!

"소영?"

처제라는 말에 민호는 가슴이 급하게 뛰는 것을 느꼈다.

윤화정 할머니의 동생인 윤소영.

"내가 절대로 술에 혹해서 그러는 게 아니라는 거, 알지? 장 씨가 어떤 사람인 줄 아니까 주선하는 거라고. 뭐, 한가족이 되면 술도 좀 더 얻어먹기도 할 테지만 말이야. 흠. 흠."

씩 웃으며 헛기침하는 황다호였다.

'이게 진짜 미션이구나.'

유품에 남은 장 씨의 미련!

산골 구석에 틀어박혀 술만 빚어대던 장 씨는 첫눈에 반했던 옛날 그 여인과 이루어지기를 염원하고 있었다.

"이따 저녁때 물레방앗간 앞으로 나와 봐. 건넛마을 땅 많은 이 씨네 아들도 관심 있어 한다니까 장 씨가 먼저 잘 구슬려서 색시 삼아버려."

두근! 두근!

심장 소리가 더욱 커졌다.

"나는 이 씨보다는 장 씨 편이야. 그럼 잘해 봐."

황다호가 사라지고, 민호는 영상을 빨리 재생시킨 것처럼 중천에 떠있던 해가 저무는 것을 보았다. 장 씨의 바람인 물레방앗간 첫 데이트의 저녁은 그야말로 순식간에 찾아왔다.

유품이 만든 시험이라 그런지 장 씨의 혼령이 '냉큼 사귀러 가라!' 하고 등을 떠미는 기분이었다.

"알았어요, 장 어르신."

민호는 호리병만 가득한 방에 대고 인사한 뒤 물레방앗간으로 걸음을 옮겼다.

그러다 문득 거울을 보고는 돌아왔다.

"어휴. 첫 만남인데 이러고 갈 순 없죠."

낮에 본 장 씨의 모습이 고스란히 담겨 있는 거울 속. 까칠해 보이는 수염에 그마저도 덥수룩한 머리에 가려져 있는 전형적인 시골 노총각의 행색이었다.

민호는 패셔니스타가 아니었다.

하지만 제이 킴의 가위를 쓰면서 나름 안목이란 게 생겼고 방송가의 사람들을 구경하며 예전보다는 옷을 입을 줄 알게 된 상태였다. 그런 눈으로 보건데, 지금의 모습은 비호감이 분명하다.

'이러고 황 노인 처제를 만났다간 그 자리에서 바로 차이

겠어.'

뭔가 꾸밀 만한 것이 필요했다.

민호는 방 안을 둘러보다 거울 옆에 '포마드'라는 헤어왁스 같은 물건이 있는 것을 발견했다. 열어보니 윤기가 흐르는 기름 덩어리였다.

'오호라.'

5~60년대 패션을 좀 아는 사람이라면 하나쯤 갖고 있었다는 그 머릿기름.

스타일에 대해서 많은 걸 알고 있지는 않지만 몇 주 사이 조금은 단련된 몸이었기에 적당히 머리에 발라 조물조물 거렸다.

워낙 헝클어진 머리라 빗으로 한참 빗고 나서야 가지런히 뒤로 넘길 수 있었다. 머리를 뒤로 넘기자 훤칠한 이마가 드러났다.

'헐. 이 사람 미남이잖아.'

북슬북슬한 털 무더기 속에 이런 이목구비가 숨어 있었을 줄이야!

민호는 가위로 수염도 깎아볼까 하다가 왠지 외국의 유명한 배우 느낌이 나 살짝만 다듬는 선에서 그쳤다. 다시 거울을 봤을 때는 지금 TV에 나와도 먹힐 법한 미중년 하나가 자리해 있었다.

"이야, 장 어르신. 진짜 잘생겼다."

패션의 완성은 어디에 있다더니, 조금 전과 똑같은 옷을 입었건만 느낌이 확연하게 달랐다. 자아도취한 민호가 모델처럼 몸을 돌려가며 웃었다.

이제 성공적인 만남을 하러 갈 차례.

가는 길에 장미 대신 들꽃을 따서 손에 쥐고는 여러 가지 멘트를 생각하며 물레방앗간으로 향했다.

어느덧 발길이 이끄는 데로 걸어 물소리가 나는 그곳에 도착했을 쯤, 누군가의 이야기 소리가 들렸다.

"나는 장 씨 싫어요. 형부는 주정뱅이 술꾼한테 저를 팔려는 거에요?"

"에이, 팔기는 무슨! 그리 말하면 섭해, 처제. 한번 만나보기만 해. 장 씨가 겉보기엔 저래도 아주 실하다고. 읍내에서도 알아주는 양조꾼이여."

"흥! 더벅머리에 냄새 나고 술고래인 걸 온 동네 사람이 다 아는데도요!"

"거참. 뚝배기보단 장맛이라잖아. 사람이 진국이라니까?"

승강이를 벌이고 있는 두 사람 중 한 사람이 길가로 걸어나오다 민호와 마주쳤다. 순박해 보이는 인상의 처녀가 멈칫하며 물었다.

"누구세요?"

깜짝 놀라는 그녀가 오늘의 마지막 관문이었다.

"저는……."

민호는 목소리를 가다듬고 자신을 소개하려다 멈칫했다. 장 씨라고만 들었지 정작 이름은 모르는 상태. 답이 애매했다.

'이 외모라면.'

대충 장 씨의 훤칠한 외모와 비슷한 느낌의 이름을 떠올려 보았다. 실제 인물에게는 미안하지만, 뭐 어때. 미션 속인데.

"장동건입니다."

"장동건?"

처녀는 생전 처음 듣는다는 눈길로 민호를 바라봤다.

"아, 처제!"

황다호가 황급히 처녀를 따라왔다.

"에이, 솔직하게 말할게. 사실은 처제가 장 씨를 꽉 붙들어 매야 술도 공짜로…… 응? 누구?"

황다호가 의문의 눈빛으로 민호를 바라봤다.

얼굴에 때 빼고 광내온 덕분에 아예 알아보지 못하는 듯싶어 말했다.

"나요, 장 씨."

"아, 장 씨! 우와. 몰라보겠구만. 우리 처제 만난다고 그리 멋 내고 왔나?"

민호가 고개를 끄덕이자 황다호는 대꾸하려다가 옆을 보고는 움찔 놀랐다.

조금 전까지만 해도 싫다고 하던 처제가 무시무시한 눈으로 자신을 노려보고 있던 것.

"그, 그럼 먼저 갈게. 하하. 조, 좋은 시간들 되라고."

황다호가 잘 해보라는 눈빛과 함께 얼른 사라졌다.

잠깐 사이 순박한 처녀로 돌아온 윤소영은 민호의 얼굴을 흘깃 살피더니 부끄러운 듯 고개를 숙이며 말했다.

"저를 만나고 싶다고 하셨나요?"

대답 없이 고개가 끄덕여졌다.

빤히 보고 있으니 윤소영의 볼이 발갛게 달아올랐다. 민호가 가져온 꽃송이들을 본 것이다.

이에 민호의 뇌리 깊숙한 곳에서 슬픔 가득한 누군가의 서러운 이야기가 전해왔다.

『아! 그때 조금만 더 용기가 있었더라면…… 어흐흑!』

'기운 내세요. 어르신.'

민호는 쿵쾅쿵쾅 뛰는 심장 너머로 장 씨의 진심을 진하게 느꼈다. 그리고 지금과는 다른, 본래 장 씨가 물레방앗간에서 소영과 마주했을 때의 기억이 짧게 지나갔다.

그때의 윤소영은 어떠했던가.

처음 볼 때부터 순박하게 웃는 장 씨에게 딱딱히 인상을 굳히고 있었다. 너무 긴장돼서 말조차 더듬거렸더니 더욱 불쾌하게 쏘아보았다. 그 눈빛에 괜히 미안하고 죄송해서 부끄럽기까지 했다.

결국, 하고 싶은 말은 많았지만, 눈도 마주치지 못한 채 인사만 하고 쓸쓸히 돌아왔다.

늦은 밤 홀로 돌아오며 숨죽여 흘린 눈물의 기억들.

민망해서 서럽기까지 했던 감정을 누가 이해할까. 마음이 아프고 불신마저 들어 이후 마음의 빗장을 단단히 잠갔던 때가 선명하게 가슴에 파고들었다.

'장 어르신…….'

첫사랑을 이루지 못하고 평생 고독하게 술만 빚다가 죽은 장 씨의 바람.

그것이 이렇게 간단하게 끼워질 수 있는 첫 단추였을 줄 뉘 알았으랴. 변화의 시작은 참으로 작은 용기와 준비에 있었다.

'물론, 어르신이 조금…… 많이 거지 패션이긴 했었지만요.'

장 씨의 상념에 흠뻑 취했던 민호가 눈앞의 소영을 보았다.

이제 무엇을 어떻게 해야 할지는 자명하게 나왔다.

유품에 남은 사념까지 증명해 준 마당.

성공적인 데이트를 위한 마지막 스텝을 밟았다. 인상적으로 보았던 드라마의 대사로 사랑을 고백하는 거였다.

"윤소영 씨."

"네."

"나 좀 좋아해 주면 안 돼요?"

"어머, 뭐 이리 빠르데."

소영은 그러면서도 흘끔흘끔 살피는 것이 싫지 않은 눈치였다.

"저 소영 씨 몸 힘든 일은 시켜도, 마음 힘든 일은 안 시킬 자신 있습니다."

또 뭐가 있었더라?

"짝사랑이라도 시작해 보려구요, 댁을. 사양은 안 하는 걸로~"

센스 있으면서도 유치하지 않는 그 대사에 윤소영의 마음이 점점 움직이는 것이 느껴졌다. 역시 얼굴이 좀 되니 이런 대사가 먹히는가 보다.

"저 나이가 꽤 있어요. 윤소영 씨와 마주 선 지금 이 순간이, 내가 앞으로 살아갈 날 중 가장 젊은 날이죠. 오늘보단 어제가 청춘이고. 그래서 윤소영 씨를 만나는 모든 순간, 진심을 다하려고요."

"와……."

시골 처녀가 언제 이런 이야기를 들어봤을까?

여기에 장 씨의 눈빛과 감정. 쿵쾅거리는 심장의 고동이 목소리에 절절하게 실리니 소영은 두 손을 꼭 감싸 쥐고 빠져들 듯 바라볼 따름이었다.

민호는 마지막 말을 던졌다.

"키스하고 싶지만 참을게요. 참는 남자가 멋있다니까."

"키스가 뭐래요?"

아. 70년대 시골이지.

"입맞춤."

소영이 자신도 모르게 입술을 매만졌다.

사르르 떨리는 손길과 입술을 보노라니 그녀가 침을 꼴깍 삼키는 모습이 눈에 들어왔다.

이를 보자 장 씨의 영혼이 민호를 세차게 부추겼다.

몸이 저절로 반응한 것.

민호 역시 억지로 컨트롤하기 보단 느낌에 몸을 맡겼다. 이것은 자신이 아니라 장 씨의 세계니까.

꽃을 투박하게 내민 장 씨가 휙 하고 소영의 팔을 붙잡아 그대로 입술을 맞추었다.

"아……."

움찔하던 소영은 싫지 않은지 가만히 있었다. 보드라운 입술이 닿았고 꼭 멈춘 숨 사이로 체온이 느껴졌다. 놀라서 동그랗게 떴던 눈이 서로를 보더니 슬며시 감기는 것은 당연한 순리였다.

그렇게 장 씨의 몸과 영혼이 소원했던 순간이 꿈처럼 지나갔다.

"미안합니다, 너무 예뻐서 나도 모르게 그만."

자연스러운 칭찬에 소영이 눈을 동그랗게 떴다. 가만히 입술을 만진 그녀는 환히 웃으며 다가왔다.

"뭘요. 사내다워 좋기만 하고만."

풀벌레 소리와 물 흐르는 소리가 가득한 어느 밤의 추억. 이 순간의 장면은 아름답게 포장되어 찰칵하는 소리와 함께 빛바랜 사진으로 변해 갔다.

이를 끝으로 민호의 의식이 저편으로 멀어졌다.

기분 좋게 단잠을 자는 도중이었다.

"강민호 씨?"

"으음. 3분만 더……."

"다 왔습니다."

"응?"

민호는 움찔하며 눈을 떴다. 운전석에 앉은 공 매니저가 고개를 돌려 자신을 바라보고 있었다. 왠지 술에 취한 듯 다른 사람의 얼굴과 겹쳐 보여서 고개를 몇 번 흔들었다. 그제야 공 매니저의 얼굴이 제대로 보였다.

"무척 피곤하셨나 봐요. 오소라 씨 가시는 것도 전혀 모르시고."

"아, 그랬나요?"

멍한 얼굴로 일어난 민호가 차에서 내렸다.

분명히 잠을 잤는데 그 속에서 꿈을 꽤 길게 꾼 것 같았다. 묘한 기분에 고개를 갸웃하는 그에게 공 매니저가 말했다.

"이번 주는 다른 스케줄 없으니 푹 쉬십시오."

비몽사몽인 와중에도 참으로 반가운 말이었다. 괜히 선물을 받은 기분에 민호가 빙그레 웃었다.

"잘 들어가세요, 매니저님."

공 매니저가 인사하고 밴을 몰아 사라졌다. 점점 작아져서는 코너를 돌아서 보이지 않을 때쯤, 민호가 '아' 하고 소리를 냈다.

"맞다, 유품이랑 꿈."

데이터가 전송되듯 한 박자 느리게 꿈속의 기억이 차곡차곡 들어왔다.

민호는 손에 쥐고 있던 호리병을 바라보았다.

은은한 빛은 사라지고 없었다.

하지만 효과는 충분히 알 수 있었다.

동전과 회중시계로 보건대, 이 호리병은 황 노인이 바라던 그 술. 장 씨가 자랑하는 남자를 위한 그 술이 있는 거다.

먹으면 불끈불끈!

'후후.'

누가 지켜보나 옆을 휙휙 돌아본 민호는 호리병의 마개를 열어 안을 살폈다.

그런데 웬걸.

알싸하고 독특한 그 향은 물론 아무것도 없는 것이 아닌가.
설마 장 씨의 레시피대로 산수유에 산딸기를 비롯한 각종 술을 혼합해야 한다는 걸까?
'명색이 유품인데.'
뭔가 특별하리라고 생각한 민호는 곧장 숙소로 뛰어 올라갔다. 생각나는 게 있었다.
문을 열자 웬 방해물들이 그를 반겼다.
"선배님 오셨어요! 소라 누님 싸인은요?"
"형님, 저는 구하연! 정효림!"
"저는 도진이 형이요!"
밤이 늦었음에도 훈련에 매진하고 있던 게임단 후배들이었다. 자신을 반기는 건지 청춘일지 촬영에서 떨어진 콩고물을 반기는 건지 모를 정도로 잔뜩 몰려든 그들.
"옛다!"
민호는 그들을 향해 주머니에서 미리 받아둔 사인 용지를 뿌렸다.
"아싸!"
"효림 싸인은 내 꺼!"
"흐흐. 구하연을 인질로 잡았다!"
"내놔!"
득달같이 달려드는 후배들을 뒤로한 채 부엌으로 달려갔다.
냉장고에서 생수통을 꺼내 호리병에 쪼르르 따랐다. 그리고 신나게 흔든 뒤에 마개를 여니, 이럴 수가.

"찐하다!"

코끝이 아릴 정도의 주향(酒香)이었다.

황노가 줬던 것보다도, 꿈속에서 장 씨가 한창때 담갔던 그 술보다도 족히 10배는 더욱 뛰어났다.

원기회복을 비롯하여 그 효과가 엄청난 이 보약이 고작 맹물로 만들어질 줄이야.

과연 유품!

얼른 방에 들어온 민호는 침대에 앉아서는 승리의 한잔을 마시기로 했다.

호리병 마개를 열고 벌컥! 벌…… 컥?

"커헙."

목을 움켜쥐었다.

삼키자마자 목을 넘어가는 화끈거림.

눈이 커졌다. 몸이 금방 불처럼 뜨거워졌다.

"왜 이러퀘 써……!"

민호는 자신의 혀가 꼬였다는 것을 깨닫기도 전에 침대에 푹 쓰러졌다.

다음 날 아침.

민호는 침대에서 벌떡 일어났다.

몸 상태는 날아갈 것처럼 가벼웠는데 시간이 이상했다. 해가 뜨긴 떴는데 생각보다 많이 뜬 것이다.

"아, 형. 일어나셨어요?"

"지금 몇 시야?"

옆 침상에 앉아 있던 가람이 말을 붙여왔다.

"민호 형. 많이 피곤했나 봐요. 꼬박 24시간을 주무시다니."

"24시간?"

타임슬립이 이러할까.

누군가가 시간을 싹둑 잘라 갔다.

"저 오늘 경기 있어서 먼저 출발해요."

"그래. 꼭 이겨서 8강 가라. 근데 내 호리병 못 봤어?"

"그거요? 숙소 물병으로 쓰고 있는데요?"

"뭐!?"

깜짝 놀라는 민호에게 까까머리의 가람이 머리를 긁적였다.

"비싼 거였어요? 그냥 분위기가 다를까 해서 한 건데. 어차피 형도 물병으로 쓰신 거 같았고요. 바로 가져다 드릴게요."

가람은 거실 냉장고에서 호리병을 꺼내더니 민호에게 건네주었다.

"너희, 아무렇지도 않았냐?"

"뭐가요?"

"……아니야. 한 모금 먹고, 게임 잘하고 와."

물을 넣으면 술이 되는 유품!

민호는 직접 그 마개를 따서 가람에게 건네주었다. 밤톨처럼 까슬까슬한 머리를 매만지던 가람은 호리병에 입을 대지 않고 벌컥벌컥 마시고 입가를 쓱 닦았다.

“감사요!”

파이팅을 외치며 방 밖으로 나갔다.

남은 민호는 얼떨떨하게 호리병을 보았다. 가람이는 자신보다 주량이 세기는 했다. 하지만 일반인의 수준이라 분명히 인상을 찌푸리거나 맛이 쓰다는 둥의 이야기를 하는 게 옳았다.

그런데 저 반응은 그냥 물 한 사발 잘 들이켜고 가는 것이었다.

민호에게는 술이었지만 가람에게는 맹물이라는 의미.

“우리 가문에는 대대로 내려오는 한 가지 비밀이 있지.”

아버지의 말이 자연스레 떠올랐다.

호리병 덕분에 확실하게 상황이 이해됐다.

“남들은 줘도 못 쓰는구나.”

민호는 호리병을 쥐고 안쪽을 살펴보았다.

곧 무색무취의 물이 찰랑거리더니만 조금씩 향기를 품었고 그 색 역시 유색 투명한 장 씨의 특산주로 바뀌어 갔다.

참으로 묘하고 신기한 일이었다.

'향 죽여주고 도수가 엄청 높은 술이 마냥 솟아난단 말이지?'

많이 먹으면 기절하듯 자 버리는 독한 술.

하지만 깨어나면 몸의 컨디션은 그야말로 최상이 되었다. 그리고 이 술을 마신 상태에는 고개 숙일 필요가 없는 화끈하고 불끈한 남자가 된다.

유품으로 강화된 그 효과는 얼마일까?

궁금했다.

"쩝. 쩝."

입맛을 다신 민호가 이번에는 호리병을 조심스럽게 기울였다. 입에 대고 살짝만 맛보았다.

절로 몸서리가 쳐졌다.

"아우 써."

뜨끈함과 취기가 동시에 몰려왔다. 식도를 타고 넘어가서는 몸속 장기에서 혈관을 따라 스포츠카처럼 질주하는 열기가 여실하게 느껴졌다.

'조금만 먹었는데…….'

몽롱해서 시야가 뿌예졌다. 얼굴이 너무 뜨겁다. 그런데 과히 나쁘지 않은 기분이다.

민호는 호리병을 내려놓았다.

기분 좋게 취한다는 게 이런 느낌이리라. 속이 거북한 것도 없이 그저 술기운만 전신에 온전히 있는 기분.

주먹을 꽉 쥐니 팔에 힘도 가득 들어갔다. 양손으로 들어야 할 탁자를 한 손으로 들어보니 놀랍게도 그냥 쉽게 들렸다. 효과는 말 그대로 최고다.

단, 하나가 문제였다.

'아오, 나 술 약한데.'

민호의 주사(酒邪)는 잠자기였다. 취하면 잔다.

"으비베에……."

말이 꼬여갔다.

애주가야 물이 술이 되고, 그것이 숙취가 전혀 없는 것이라면 좋아할 테지만. 민호는 소주 3잔에 얼굴이 붉어지는 타입.

그런 그에게 율치리 최고의 술꾼, 장 씨의 유품은 너무 강력했다. 결국, 몸에 힘이 불끈 솟아도 눈꺼풀은 이겨낼 수 없었다.

다다음 날 아침.

"끄아악!"

취기에 잠깐 눈을 붙인다는 게 다시 아침이 되어서야 일어났다.

"또 잤어!"

꼬박 이틀을 취한 채로 지내다 보니 정신이 하나도 없었다. 몸은 분명히 건강한데 온종일 알딸딸한 기분이다.

"젠장!"

민호는 호리병을 들고 부엌에 가 안에 든 것을 당장 쏟아 부었다. 아깝지만 도저히 쓸 수가 없으니 어쩌랴. 한숨이 푹푹 나왔다.

"첫 득템이 나랑 너무 안 맞아!"

가보로 전해 받은 동전이나 3억이나 주고 산 회중시계와는 확연한 차이를 보이는 능력이었다.

민호 자신이 애주가였다면, 타고난 술꾼이라면 이건 천금을 줘도 안 바꿀 보물이지만 그야말로 상성이 안 좋았다.

'어휴.'

민호는 자신의 1호 유물을 고이 잘 챙겨두고 끝냈다.

Relic : 양조장인의 호리병.

Effect : 애주가들이 염원하는 궁극의 취화정(取化精)을 맛볼 수 있다.

to be continued

KILL THE DRAGON

킬 더 드래곤

백수귀족 현대 판타지 장편 소설

인간 VS 드래곤

지구를 침략한 드래곤!
3년에 걸친 싸움은 인간의 승리로 돌아갔지만
15년 후,
드래곤의 재침공이 시작되었다!

드래곤을 죽일 수 있는 건 오직 사이커뿐!

인류의 존망을 건 최후의 전쟁.
그 서막이 오른다!

Wis Boo

우지호 장편소설

빅 라이프

돈도 없고 인기도 없는 무명작가 하재건,
필사적으로 글을 써도
절망뿐인 인생에 빛은 보이지 않는데…….

어느 날,
그가 베푼 작은 선의가
누구도 믿지 못할 기적이 되어 찾아왔다!

'글을 쓰겠다고 처음 결심했던 때를
잊지 말게.'

무명작가의 인생 대반전!
지금 시작됩니다.

반자개 장편 소설

WISHBOOKS MODERN FANTASY STORY

건축의 신

누구도 내딛어 보지 못한

그 한 걸음을 내딛는 자!

평범한 가구 회사에 다니던 성훈

그러던 어느 날,

사고로 인해 20년 전으로 돌아왔다!

다시 시작하는 삶.

절대로 헛되이 보내지 않겠다!

세계 최고의 건축가가 되기 위한

성훈의 활약이 펼쳐진다!